DE LAS ISLAS FILIPINAS

Luis Prudencio Alvarez y Tejero

Honrado por las Islas Filipinas con el cargo de Diputado para representar sus derechos é intereses en las Córtes constituyentes, y deseando acreditar mi fina correspondencia al honor que merecí, con abandono y consiguientes perjuicios de mis intereses, á los quince dias de mi eleccion dejé las Islas y me embarqué para España, dando asi á mis comitentes una prueba nada equívoca de mis buenos deseos y disposicion de corresponder á la confianza que en mí depositaron.

Pasados seis meses de riesgos, privaciones y peligros en tan largo viaje, tuve el inesplicable placer de saludar el suelo patrio despues de una ausencia de mas de trece años, trayendo en mi pecho recuerdos de eterna memoria y gratitud al pais que en mis desgracias me dió segundo ser.

Orgulloso en mi posicion porque me condujo á una altura, que si yo hubiera podido desearla hubiera sido únicamente por poder satisfacer el tributo de mi gratitud á aquellas Islas, vi con el sentimiento que es natural, que á mi arribo al puerto habia caducado mi mision, y eran perdidos los sacrificios todos que de mi escasa fortuna habia hecho para corresponder á la confianza que se me habia dispensado, porque estaba ya sancionada la ley de no admision de los Diputados de Ultramar en el Congreso para que fuimos convocados; y sancionada y promulgada la Constitucion vijente, que en su artículo segundo de los adicionales dispone: «Sean gobernadas por leyes especiales las provincias de Ultramar."

Repito que con el sentimiento consiguiente me enteré de tales disposiciones, que respeté y respeto como ciudadano español, debiendo únicamente indicar en este lugar, que si justos pueden ser los fundamentos que apoyen tales disposiciones, no seria difícil probar los de justicia, política y pública conveniencia que demandan otra cosa. Mas no habiendo tomado la pluma para entrar en tal cuestion, me separo de ella, y paso á mi intento, que no es otro que dar en una pequeña memoria razonada, alguna idea y noticia de lo que son nuestras Islas Filipinas, con el laudable objeto de que en mi memoria y gratos recuerdos de aquellas Islas, vean sus habitantes todos mi gratitud y deseos de contribuir á su prosperidad, por la que me interesaré siempre mas de lo que puedo encarecer.

Como una prueba la mas esplícita de lo dicho, recordaré al Gobierno, á los españoles todos, en nombre de mis amigos de Ultramar, que la constante y acrisolada lealtad de las Islas Filipinas, no desmentida hasta hoy en manera alguna, sin embargo de las diversas y terribles oscilaciones políticas porque ha pasado la Península en lo que llevamos del presente siglo, es acreedora á toda la consideracion del ilustrado Gobierno que hoy rije los destinos de la patria, y á la atencion de los Cuerpos colejisladores, para que cuando sea llegado el caso de entrar en la discusion de las leyes especiales porque deben gobernarse aquellas provincias, prevaleciendo solo los deseos de hacerlas felices, de mejorar su suerte y condicion, se llegue al término deseado, y se las facilite el desarrollo de su prosperidad por los medios mas breves y sencillos. Tales son mis principales deseos, y creyendo puedo en algun modo contribuir ilustrando la opinion de cuantos no sepan lo que son nuestras Filipinas, me he decidido á coordinar algunos apuntes y notas que en ratos de ocio redacté en otros dias sobre reformas útiles que pueden y deben hacerse en Filipinas para el logro de objetos tan interesantes, como son procurar su fomento y prosperidad.

Cuanto propusiere y dijere lleva consigo, sino el sello de la autoridad y la fuerza del prestijio, al menos el convencimiento que una larga esperiencia me ha prestado, residiendo en Filipinas: la razon y la necesidad que claman por estas reformas, efecto de las luces del siglo, y el ver que despues de trecientos años que poseemos esa preciosa parte del mundo asiático, apenas hemos sacado esos preciosos paises de las mantillas que al nacer para España les pusiera el inmortal Legaspi. Su historia es una prueba y no recusable de esta verdad: la de su conquista, y lo que la tradicion ha transmitido hasta nosotros de lo que eran esas Islas, todo justifica de la necesidad de ocuparse de ellas con alguna mas atencion que hasta de presente, para facilitarles las mejoras que demandan, y de que son susceptibles á muy poco ó ningun coste.

Conviene sin embargo advertir, que algunos de los medios empleados en su conquista, fomento y conservacion, y alguna de las sucesivas variaciones hechas, podrán siempre ser de utilidad; y que partiendo las reformas de tales principios, y respetando sus usos y costumbres en cuanto no se opongan á aquellas, producirán todos los efectos que se desean. Que esto sea asi, ninguno ó muy pocos podrán dudarlo, y por ello repetir conviene, que el lejislador que lejisla para cualquier estado, debe no perder de vista sus hábitos y costumbres, y respetar, en cuanto dable sea en las mudanzas que intente, las instituciones que existan; pues partiendo de tales principios, es muy probable produzcan sus reformas los efectos deseados. Por el contrario, si el lejislador mutila y rasga la historia de un pais, destroza sus instituciones, y no respeta antiguas costumbres, todo por llevar á efecto las mudanzas que en teoría haya podido sujerirle su imajinacion, puede con la mejor buena fe, intencion y deseo, causar males de imposible resarcimiento; porque fácil y aun posible es que en tal caso el pueblo principie por murmurar, siga quejándose y lamentándose, y concluya por alzarse tan poderoso como es, y á las imprudencias del lejislador se siga la guerra con sus desastres, y la revolucion con sus crímenes. Asi pues, téngase presente que las leyes deben ser análogas al pais para que se dan, respetándose en ellas siempre ciertos principios, fundamentos y costumbres que arraigan mas y mas, y consolidan la prosperidad de los pueblos y felicidad de sus habitantes.

Ultimamente, espero que cuando llegue á manos de mis amigos de Filipinas este pequeño tributo de mi gratitud, que les dedico, vean únicamente en él mis votos dirijidos por la felicidad de aquellas provincias, y que en todo cuanto de ellas pueda escribir, no hay mas ambicion que al paso de dar una idea de su importancia y mérito, promover las útiles reformas que demandan la conservacion de su tranquilidad, el alivio de sus gravámenes, y mejorar su estado y condicion, proporcionando por tan honrosos medios la prosperidad de todos sus habitantes, cual la apetece para todos mas de lo que puede encarecer

Luis Prudencio Alvarez

MEMORIA SOBRE LAS ISLAS FILIPINAS

Las Islas Filipinas, por su grande estension, por su situacion ventajosa en el centro del mundo comercial de Asia, por su poblacion considerable, y por la feracidad de su suelo, susceptibles de cuantas producciones se crian entre uno y otro Trópico, reclaman del Gobierno de la Metrópoli un sistema ordenado de providencias y reformas, que al mismo tiempo que arraiguen mas y mas su paz y seguridad interior, tan indispensables como necesarias á su conservacion, fomenten su agricultura, industria y comercio hasta aquel grado eminente de prosperidad á que son llamadas por los muchos elementos de riqueza que en sí encierran, y á que parece son destinadas por la Providencia que pródigamente las ha favorecido con tan brillante situacion y suelo tan feraz.

Animado yo, y deseoso porque fines tan interesantes se realicen, me he determinado á formar esta pequeña memoria, con el doble objeto de dar alguna noticia del estado que tenian las Filipinas á mi salida de ellas, y presentando algunos de los muchos obstáculos que se oponen al desarrollo de su prosperidad y riqueza, y los medios que pudieran emplearse para destruirlos, escitar los mayores talentos de otros, que con mas tiempo para ocuparse de esta importante materia, puedan mas minuciosamente y con mas precision, estender sus observaciones sobre el asunto, para influir en el ánimo del ilustrado Gobierno que hoy rije los destinos de la patria, y proporcionar por este medio las útiles reformas que el estado de las provincias de Filipinas reclama, para avanzar en su prosperidad y engrandecimiento.

Por mi parte me ceñiré todo lo posible, para solo el efecto de indicar cuanto una esperiencia de doce años de residencia en las Islas me ha enseñado, puede contribuir á establecer el ramo de justicia mas arreglado que el que se observa, y mejorar la administracion de la hacienda pública: ramos que deben sufrir grandes reformas á como en el dia se hallan, y que pueden producir efectos maravillosos y bienes incalculables, asi á las Islas como á la Metrópoli.

Espero que cuantos se dignen honrarme leyendo mis pobres reflexiones, me dispensen toda su induljencia por los defectos que notaren, atendiendo únicamente á ver en mis líneas el deseo laudable de mejoras en Filipinas en los ramos de que va hecha mencion; y si de estas mal coordinadas frases resultare algun beneficio ó utilidad en favor de aquellos paises, con solo esto quedarian premiados con usura los deseos del que habla, por la satisfaccion de haber contribuido al logro de tan interesantes objetos en alguna parte, por pequeña que esta fuese; único premio que anhela por el celo que abriga en su corazon en tan alto grado como el que mas, por el bien y felicidad de todos los habitantes de aquellas Islas, á quienes profesa el mas puro afecto, conserva y conservará siempre las mejores simpatías y mas gratos recuerdos.

I

Sobre la administracion de justicia

Que la pronta y recta administracion de justicia sea la primera base de la felicidad, buen órden y tranquilidad de todos los pueblos del mundo, nadie puede dudarlo; y que en cualquiera nacion donde Astrea no ejerza su augusto imperio en todo el lleno de su poder, no haya mas que confusion y desórden, males de grave trascendencia, de escándalo y dolor, es tambien una verdad que no necesita pruebas, por ser de todos conocida. En efecto, donde no reina la justicia, nada bueno puede haber: la inocencia no halla asilo seguro en ninguna parte; las semillas de la discordia abundan por do quiera; la bárbara ley de la fuerza oprime con tiranía al mas débil; y en fin, cuantos males pueden aflijir á los mortales, tantos se hallan reunidos en los pueblos, en los reinos, donde se desconocen los benéficos influjos de la justicia.

Filipinas, esa preciosa joya del Oriente, como se la ha titulado y con justicia por otras plumas antes que la mia, no goza en toda su estension del benéfico influjo de Astrea, ni con toda la prontitud que fuera de apetecer: se necesita para ello remover ciertos obstáculos que van á indicarse, y plantear una reforma total, como se dirá despues, ó adoptarse otra que se crea bastante al efecto; y esto conseguido, está dado el primer paso para la felicidad de las Islas; pues permanecer tan interesante ramo en el pie y forma con que se halla planteado, es el mayor obstáculo á su prosperidad, é imposible que avance un paso adelante, ni puedan surtir sus buenos efectos las leyes, por mas sábias, mas justas y previsoras que sean. Se demostrará:

II

De la audiencia del territorio

Las altas consideraciones y respetos que la audiencia de Manila merece entre los indios, proviene aun de la tradicion entre ellos, recordando aquellos felices tiempos en que sus majistrados visitaban sus provincias, y hacian en estas visitas tanto bien á los pueblos. Los oidores visitadores eran en efecto, mas que unos jueces severos, unos amigables mediadores en las desavenencias de los indios, hacian composiciones, celebraban transacciones, señalaban límites de tierras, y aun términos de pueblos, daban una especie de ordenanzas municipales que se observaban, y los protejian contra las vejaciones de los alcaldes mayores, correjidores, y aun conocian en las que causaba algun párroco, pues como en estas visitas no se trataba de imponer penas, ejecutar castigos, ni correjir con violencia, sino de reunir voluntades, cortar discordias, y hacer desaparecer las disensiones entre las familias, entre los vecinos y aun entre los pueblos, eran verdaderamente estas visitas unas visitas paternales y benéficas, y en ellas el oríjen del alto respeto, consideracion y aprecio de los majistrados. Desaparecieron estas visitas, como otras muchas cosas con que tanto prestijio adquirió el nombre español, y con ellas un grande elemento de hacer muchos bienes sin causar ningun mal: volverlas al estado y forma antiguos, sobre no ser fácil, tampoco produciria los bienes que antes, por causas, que sobre ser largo enumerarlas, no son de este lugar. Con todo, promover su restablecimiento bajo forma dada, facultades limitadas y en determinados periodos, seria un bien de incalculables beneficios, y de las mejores consecuencias.

Sin embargo del buen concepto de la audiencia de Manila (digan lo que quieran sus antagonistas), yo tengo por muy conveniente la disposicion de la ley de Indias en cuanto á la amobilidad y promocion á tiempo dado de sus ministros, en justa escala que deberia establecerse, fundándome en las mismas causas de la ley, y sin necesidad de buscar otras, que algunas se hallan muy al alcance de todos; esto es, que no solo es muy útil premiar á sus majistrados, sino tambien desarraigarlos de las amistades y estrechas relaciones que cobran en aquellos paises donde residen largo tiempo. Estas amistades de influencia, siempre perjudicial á la recta administracion de justicia, son en Manila un efecto casi necesario de la corta poblacion española, de la falta de todo recreo ó distraccion pública, y de que con la laxitud del clíma, y de las costumbres y halagos del pais, se entra en una vida regalona y blanda, y se pierde aquella entereza y enerjía de las costumbres europeas á los pocos años de residencia en las Islas. Sí, Filipinas es un pais en el que las tareas mentales ni pueden ser frecuentes ni largas; pais que inclina al ócio y al placer mas que otros; porque la benignidad de su temperamento produce todas las costumbres laxas que inspira su clima, enerva y aun afemina los ánimos, y causa tanto mayor daño, cuanto mas vivas se hallan las pasiones, especialmente á la juventud. Pero volvamos á nuestro intento, aunque no es estraña de él la idea emitida.

La audiencia de Manila ha procurado en todo tiempo con mas ó menos eficacia el dar mayor impulso á la administracion de justicia en las Islas de su vasto territorio; mas los efectos nunca han correspondido á sus buenos deseos, porque hay obstáculos naturales que su autoridad no puede vencer. De ellos se tratará en el párrafo tercero, cuando se hable de los alcaldes mayores y correjidores; tratemos ahora de aquellos que pueden superarse.

La ineptitud de los que ocupan los destinos subalternos vendibles y renunciables, es un obstáculo, y no de poco bulto, para dar impulso á la administracion de justicia. Los escribanos de cámara, receptores y procuradores no saben ó no procuran otra cosa que sacar el partido posible de sus oficios. Estos oficios son de muy corto número y escaso provecho; porque en la inmensa estension del fuero militar en las personas pudientes de Filipinas, la auditoría de guerra ha llevado asi todos los pleitos civiles de importancia en las Islas, y la audiencia se halla reducida á causas criminales y pleitos de tierras entre los indios, y no de mucha cuantía, y únicamente tiene por pleitos de algun valor los negocios de comercio desde la publicacion del código en aquel pais; pero estos, ni son muchos, ni muy graves, lo cual no escluye la idea de que haya algunos de mucha consideracion; mas no es lo jeneral: razones por las que no es posible ni fácil que españoles instruidos compren y entren á servir aquellos oficios de la audiencia. Las consecuencias de todo esto son atrasos y perjuicios en la pronta administracion de justicia, el mayor desórden en las oficinas de la audiencia, la falta de libros de asientos, rejistros, estados y relaciones que las leyes previenen; y por último, que para estender una providencia ú oficio, es preciso que lo haga siempre un ministro que se tome este trabajo.

De este lijero relato, nada exajerado, podrá facilmente conocerse cuantas dificultades no habrá que vencer para que marche como mejor ser pueda, y no como debiera, la administracion de justicia; y para mayor comprobante de esta verdad, descendamos á esplicaciones y detalles mas por menor, comentando algunas de las ideas emitidas, y enunciando otros obstáculos de no menor bulto, y que pueden removerse facilmente.

Que la administracion de justicia es en estremo lenta y aun pesada en Filipinas, creo sea una verdad que no se ponga en duda; mas para los que puedan dudar de ella se traen las reflexiones siguientes.

La audiencia de Manila consta de sola una sala, que conoce y falla en segunda y tercera instancia de toda clase de negocios de las treinta y una provincias (hoy ya treinta y dos) que comprende su estenso territorio. Un rejente, cinco ministros y dos fiscales; su dotacion, que muy pocas veces se ve completa, y bajo el réjimen y forma de sustanciacion legal ordinaria que se observa, es imposible y de toda imposibilidad pueda dar pronto curso y fallo á los asuntos de su atribucion. Las diferentes comisiones ajenas de su ministerio que pesan sobre esos mismos majistrados, y muy graves muchas de ellas, es otro obstáculo, y no pequeño, para que se administre pronta y cumplida justicia. En efecto, la asesoría de rentas y de la superintendencia de la hacienda pública, que es un cargo mas que regular para tener en continua ocupacion á un buen letrado, si la ha de servir cual corresponde, ha estado desde 1829 hasta 1839, que se proveyó en un letrado particular, á cargo de los señores ministros de la audiencia, y con reales nombramientos, con olvido y desprecio de la ley de Indias, que manda: *los oidores no sean mas que oidores, y no tengan comisiones, mas que aquellas que su tribunal les confiera, etc.* La asesoría del superior gobierno es otro destino como el anterior, y tambien ha estado desempeñado por un majistrado algunos años. En 1837 fue provisto en otro letrado particular. La auditoría de guerra y marina tambien fue servida algunos años por otro majistrado, y aunque en 1830 llegó el auditor de guerra nombrado por el Rey, y se encargó de su despacho, no asi la de marina que, sino padezco equivocacion, hasta hoy la desempeña el mismo majistrado. Es de advertir que estos destinos gozan asignaciones decentes, y tienen grandes emolumentos por razon de honorarios; y unos y otros, con los sueldos de ministros, los han gozado estos á la vez, cuando han servido esos empleos. El juzgado de bienes de difuntos y ausentes, institucion que conviene conservar y darla mejor forma, como despues se dirá por las razones que se espresarán en párrafo separado, es otro cargo que turna entre los majistrados de dos en dos años, y en este juzgado hay asuntos de importancia; pero que sea de mucho ó poco bulto su entidad, es lo cierto que en él existen muy retrasados, y que su curso es en estremo lento, por no observarse la ley que manda se señale cada semana un dia para ver estos pleitos. A la antigua junta superior de Real Hacienda (suprimida ya) concurria como vocal el rejente de la audiencia, y en su defecto el oidor decano ó ministro mas antiguo: los infinitos espedientes de que conocia, y á los que habia de dar salida con alguna preferencia, ocupaban mas de lo que puede decirse, y tanto mas, cuanto que en esta clase de negocios se acostumbró siempre marchar con mas cautela y cuidado, por la inmediata responsabilidad pecuniaria que ellos causaban, y la circunstancia particular de ser el único letrado que en sus decisiones intervenia el ministro de la audiencia, convencerá á cualquiera de la certeza de lo dicho, y de que visiblemente se iba en ellos con pies de plomo. Actualmente la junta superior contenciosa de hacienda la componen tres señores ministros, bajo la presidencia del superintendente jeneral subdelegado de la Hacienda, y sus negocios, sino tantos como los de la antigua junta superior, no ceden en gravedad. La sala llamada de justicia, que es la que conoce en segunda instancia de los autos apelados del tribunal mayor y audiencia de cuentas, la componen igualmente tres señores ministros, y con vista del fiscal de lo civil, que lo es de la hacienda, conocen y fallan sobre tales autos, cuyos espedientes, procesos ó causas, pues á algunos los tres nombres le caben, son de suyos voluminosos, y complicados por su naturaleza é infinidad de puntos que abrazan, por lo que son objeto de ocupacion y gravedad; y aunque no de tanta, tambien distraen y ocupan los mismos negocios cuando estando en curso, son consultados á la sala ó junta llamada de ordenanza, que la componen el señor rejente ó ministro mas antiguo con el fiscal de lo civil, donde como para asesorarse, los remite á consulta el contador mayor cuando le parece. A la junta de almonedas tambien concurren los señores ministros y fiscal de lo civil, que tambien es ocupacion pesada y enfadosa. Por último, un señor oidor turna anualmente en el cargo de juez de hermandades y cofradías; otro es asesor de cruzada, jeneralmente lo es el decano, quien con el comisario y fiscal de lo civil, componen el tribunal de la bula, y creo gozan alguna gratificacion aunque pequeña. Otro es director del Monte Pio, otro protector, otro juez de esclavitudes y libertades, otro juez de hospitales y casas de recojimiento, y espulsion de casados á España estando separados de sus mujeres: ley caida en desuso como otras muchas buenas leyes: otro es juez de protocolos y jueces inferiores, y en todas estas dependencias hay ocupacion, pues no les faltan asuntos y diferentes negocios, y en todos por necesidad la marcha tiene que ser lenta y aun tardía, y mas los que en sí llevan complicacion ó alguna gravedad.

Los señores fiscales, ademas de las tequiosas tareas de su vasto ministerio, que son muy grandes y complicadas (como que es proberbio comun que ningun fiscal resiste ese despacho cinco años cumpliendo como es debido), tienen sobre sí la llamada proteccion de indios y de chinos, reducida nada menos que á tomar por sí (por privilejios que aquellos tienen) la defensa de sus personas, y aun negocios, cuando atropelladas por alguna persona creen que no se les ha de hacer justicia, que se acojen (y lo hacen facilmente) á la proteccion fiscal, y los ocupan, y no poco á veces, por nada; pero que distraen de sus importantes trabajos á los señores fiscales cuando se les antoja sin motivo, y con razon cuando le hay.

Ahora bien: si para una sola sala de un rejente, cinco ministros y dos fiscales hay ademas de sus tareas ordinarias tantos cargos y comisiones de tanta gravedad y ocupacion como asi es, ¿como puede concebirse que se administre pronta justicia en ningun ramo? Es imposible que suceda lo que se debe desear en este particular, ínterin no se remuevan con mano fuerte todos estos obstáculos, bastante cada uno por sí solo á entorpecer y dilatar, lo que no se puede sujetar á cálculo, la marcha de los asuntos judiciales.

Pues aun hay mas, y no menos grave, porque este es un obstáculo natural, que si bien puede removerse en alguna parte, nunca lo será del todo, al menos en muchos años. Mas de la mitad de las provincias son ultramarinas, respecto de la capital Manila, situada en la Isla de Luzon ó Nueva Castilla: en muchas de ellas los viajes están sujetos á *Monzon*; esto es, al tiempo ó estacion determinada para venir y volver á sus puertos; y aunque el establecimiento de correos, planteado por todas las Islas segun lo dispuesto en 1837, pueda influir alguna cosa, será muy poco ó nada; pues ínterin las Islas no tomen el vuelo de prosperidad necesaria para tener vapores que crucen en el Archipiélago, este obstáculo, natural por sí solo, causará retrasos y dilaciones, que solo podrá remover un nuevo plan y planta de las alcaldías y correjimientos, que es lo que se espresará al final de esta materia.

III

De los alcaldes mayores y correjidores

Demostrados los muchos y graves obstáculos que se oponen para que la administracion de justicia en Filipinas sea tan pronta cual es de desear ante el tribunal superior, ó sea de segunda y tercera instancia, se sigue manifestar los mas graves que median en los juzgados inferiores, pues aunque distintos en mucho á los enunciados, no son ni menos graves y dignos de la atencion del Gobierno como aquellos, y de la consideracion de los Cuerpos colejisladores en su dia, para que se procure removerlos en cuanto ser pueda, y al darse la ley especial para nuestras provincias de Ultramar, se tengan presentes y en lo que el Gobierno haya dejado de hacer, se perfeccione la obra, y queden removidos completamente, empezando una nueva marcha mas análoga y propia de los adelantos de aquellas provincias, y que les facilite consumar la rejeneracion perfecta de un ramo tan importante como el de que se trata, y sacar de él los frutos que todos apetecen y corresponde.

Son mas infelices las provincias de Filipinas en los juzgados inferiores para que se les administre pronta justicia de lo que son ante la audiencia del territorio; porque si en esta las muchas y graves atenciones que pesan sobre su corto número de ministros es por sí solo una causa grave de dilacion, entregadas las provincias á alcaldes mayores y correjidores legos (la mayor parte militares), y todos dedicados principalmente al cuidado y fomento de sus intereses por medio del comercio, y aplicados á recaudar fondos, cuya cobranza está á su cargo, para con ellos adelantar sus fortunas, en los actos de justicia no toman mas parte ó interes, por lo jeneral, que el lijero que ofrece suscribir las actuaciones que exijen su firma, pues todo trámite jeneralmente se ordena por direccion de letrado, á cuyo fin pasan las causas, pleitos y procesos á Manila para asesorarse, en razon de que en las provincias no hay letrados establecidos, escepto aquellas dos ó tres que se hallan inmediatas á Manila.

Las causas criminales se forman principiando una que se llama sumaria, el gobernadorcillo del pueblo donde ocurre el suceso que la motiva, instruyendo las primeras dilijencias, las mas veces ó casi todas en idioma del pais, por no saber el castellano, y con cuatro mal tomadas declaraciones á los reos, si los hay, da cuenta al alcalde mayor ó correjidor. Este en falta de intérprete examinado y aprobado, y para poderse imponer de lo que se ha escrito, dispone desde luego el auto, mandando traducir al castellano aquellas dilijencias por un indio cualquiera que entienda algo de nuestro idioma, y continúa con el mismo indio ú otro que titula intérprete, las declaraciones del sumario que le parece, y con la misma ignorancia en la práctica de los juicios que lo empezó el gobernadorcillo. ¿Son acaso estos elementos los mas á propósito y aptos para empezar una causa? Pues asi pasa ni mas ni menos; asi sucede por desgracia.

En el estado que le parece al alcalde mayor ó correjidor, provee otro auto de remision de lo actuado para un letrado de la capital, que en vista de ello lo asesore y dicte los trámites y dilijencias que procedan en justicia; con lo cual aquello ya es negocio olvidado, hasta que vuelvan las actuaciones con dictámen del asesor, y suelen á veces pasar muchos dias, y aun semanas y meses, solo para esperar oportuna ocasion de remitir la sumaria al asesor hasta que haya buque ó pasajero que pueda llevarla, y esto ya se ve que sobre la dilacion es poco seguro; mas suele quedar testimonio de todo en el juzgado.

Como la sumaria se forma por lo regular con muchos defectos, van y vuelven del juzgado á Manila, y de aqui á la provincia algunas veces, hasta que el asesor, el alcalde mayor ó correjidor y gobernadorcillo logran entenderse, que suele ser con mucha dificultad y trabajo, y siempre con el retraso consiguiente y proporcionado á la distancia de la provincia. Entre tanto muchas dilijencias esenciales se pierden ó se hacen irreparables é inútiles por la tardanza, y como en la averiguacion de los hechos criminales lo que no se adelanta en las primeras dilijencias, rara vez se adelanta despues, es muy raro ver una sumaria averiguacion bien instruida.

Declarada por fin, despues de vencidas dificultades, por bastante para proceder, los juzgados se encuentran sin promotores fiscales, ni letrados defensores capaces de pedir en la causa cada uno segun su ministerio, y á cada pedimento que por los reos ó presos suele presentar el indio defensor, ó por cualquier otro incidente que ocurra, se suspende el curso y vuelva al asesor cuando haya oportunidad: últimamente, por no molestar mas en el particular, llegado el caso de sentencia se pronuncia con asesor y con las dilaciones que todo lo demas, y dada y publicada, se remite la causa á la audiencia, desde donde á solicitud del ministerio fiscal suele volver á la provincia para reformar defectos, y aun ciertas nulidades, con las cuales no se puede administrar justicia, ó para practicar alguna dilijencia interesante que se omitió, y que aun puede ser de utilidad.

Ahora bien: á vista de este pequeño bosquejo y diminuto relato de como se forma una causa criminal, ¿habrá alguno que dude de lo defectuosa que es la sustanciacion y de lo pesada y lenta que por necesidad será la administracion de justicia? Creo que no; mas si alguno dudase de esta verdad, puede manifestar sus dudas, que prácticamente podrán ser satisfechas con enumeracion de casos en que yo mismo he sido asesor, y no de una sola provincia, sino de varias.

No son mas felices y breves los pleitos civiles, pues aunque las partes dirijidas por abogados, y bien provistas de sus pedimentos (bastantes tengo hechos), procuren activar y atajar las cavilosidades del que litiga de mala fe, no lo consiguen; y es la razon, porque saben que con pedir al juez que se asesore, ya se paró el negocio, y los autos al asesor á Manila cuando haya ocasion: son, pues, interminables en primera instancia los pleitos, porque van y vienen de la provincia á Manila repetidas veces, y muchas de ellas para dictarse un *no ha lugar*, que sabia muy bien el que lo promovia que sucederia asi; pero en el ínterin fastidia á su contrario, y si está en posesion de la cosa litijiosa, la goza y disfruta, y beato el que posee: son incalculables los daños y perjuicios que se causan; asi como que es palpable por lo dicho el retraso y grandes dispendios para obtener justicia los que la reclaman, y la facilidad para entorpecerla los que quieren retener lo ajeno, pues á ello les favorecen los obstáculos naturales, como se ha dicho; y los que emanan de los alcaldes y correjidores legos, estos podrian desde luego desaparecer si estos destinos se sirviesen por letrados, como parece regular y conforme, y cesarian tantos males, como se han indicado.

IV

De los alcaldes mayores y correjidores considerados en otros conceptos ajenos del ramo de justicia

Hasta aqui solo se ha hablado de estos empleados como dependientes del poder judicial, es necesario considerarlos tambien como jefes de hacienda en provincia, y sobre ello decir algunas cosas, que aunque parezcan monstruosidades, no son sino realidades, porque aqui solo se trata de referir las cosas tales cuales son, sin exajeracion, ni otro vicio ni defecto.

Los alcaldes mayores y correjidores en Filipinas, ademas de las funciones judiciales reunen el gobierno civil y defensa de los pueblos, ó sea un remedo de nuestros jefes políticos y comandantes jenerales, y la cobranza y administracion del tributo que pagan los indios, el espendio de bulas y papel sellado, ó sean las funciones de empleados de hacienda, que es decir, recaudan, administran y distribuyen, y sobre cuya anomalía se hablará al tratar la parte de hacienda.

A nuestro propósito en lo que ahora tratamos, baste decir que los provistos en alcaldías y correjimientos con los tres cargos que abrazan estos empleos de justicia, gobierno civil y hacienda, van solo de hecho á ser comerciantes, porque por aquellos cargos no esperan otra remuneracion, ascenso, premio ni recompensa que las ventajas que saquen de su administracion y de su comercio, y de consiguiente su propio interes y el aumento de su fortuna los ocupa únicamente, y de necesidad los aleja del desempeño exacto y escrupuloso de sus obligaciones mas principales.

Gozan veinticinco pesos fuertes mensuales cuando son provistos por el gobernador de Manila, y cincuenta siendo de Real nombramiento, y pagan al erario una módica retribucion *por el indulto*, como alli se llama, *de poder comerciar*; que es decir, licencia para que se ocupe del comercio un juez, un jefe político y un intendente; pues tal pueden denominarse los alcaldes y correjidores en Filipinas por las atribuciones de sus empleos.

Desde el momento en que son nombrados alcaldes mayores ó correjidores, compran su barco para el comercio interior ó del cabotaje, y algunos aun para el esterior, que cargan con efectos de pronta salida en las provincias á que son destinados: se ocupan desde luego en facilitar su espendio y recojer los productos de los pueblos que mandan, para proporcionar ocupacion á su buque, y conducir á Manila cargamentos, y ésta, como se ha dicho, es su principal atencion y su primer cuidado. Fondos para el activo jiro y comercio que entablan despues de posesionados, conviene decir los reunen en Manila á un interes convencional, para el equipo y demas de su salida, que pagan luego con los que recaudan pertenecientes al erario público, y con los mismos que siguen su comercio todo el tiempo que permanecen en sus destinos.

Un sistema de alcaldías y correjimientos tan monstruoso é irregular produjo sin embargo en su principio algunos beneficios á las Islas, porque en medio de la gran falta que hay en ellas de capitalistas, muchos productos de la agricultura y artes de las provincias no se hubieran fomentado, y aun estarian sin establecerse, si el alcalde no hubiera especulado en ellos para su comercio. Tambien es preciso advertir que hay provincias con quienes por remotas y de poca utilidad para el comercio en jeneral, apenas habia otro medio de comunicacion que los barcos del alcalde; pero generalizado ya el comercio de cabotaje, es de necesidad destruir en un todo en las provincias de las Islas ese sistema absurdo y perjudicial (que lo es ya y mucho) de alcaldes y correjidores comerciantes, y variarlo, como se dirá; porque solo personas instruidas en lejislacion, en máximas de buen gobierno, en principios de justicia, y en los de una buena educacion y prudencia, son las que pueden administrar bien y pronta justicia en sus distritos; dedicarse á la estadistica de unos paises, que despues de tres siglos que los poseemos, están poco menos que incógnitos; promover los medios de regularizar las poblaciones y hermosearlas; formar planes de útil reforma y fomento en la agricultura, industria y navegacion, y procurar la paz y sosiego de las Islas, para la conservacion y propia prosperidad, por medios mas sólidos y estables que los hasta aqui conocidos, pues las luces é ilustracion de aquellas provincias asi lo demandan, y la justicia lo aconseja.

V

Reformas en el ramo

Es, pues, por tanto de necesidad que se admitan considerables variaciones, como son las siguientes, ú otras reglas análogas á ellas, para su gran reforma en ramo de tanto interes é importancia, y fundar sobre bases sólidas la conservacion y fomento de la riqueza de tan hermosas Islas y seguridad pública, obrándose con todo el tino, madurez y circunspeccion que exije tan delicado asunto, y planteándose las reformas segun las circunstancias, empezándose desde luego á proveer los juzgados de aquellas provincias en letrados de las calidades indicadas, con las demas que espresan los párrafos siguientes, y otras que se estimen conducentes.

1.º Que el tribunal superior ó audiencia territorial, que como se ha dicho, se compone de un rejente, cinco ministros y dos fiscales, se divida en dos salas, y se abra turno á los negocios, y con solo el aumento de subalternos está adoptada una de las medidas mas importantes para garantir y asegurar la propiedad y libertad individual conforme á la ley constitucional, que en todas instancias quiere y ordena sean diversos los jueces que fallan; aunque mas provechoso fuera dotar aquella audiencia con dos salas de cuatro ministros en cada una, el rejente y dos fiscales por razones muy al alcance de todos, y ser la audiencia de mas estension de territorio, y la dotada con mas escasez de ministros.

2.º Que los majistrados y fiscales de la audiencia de Manila, cumpliéndose la ley de Indias, no puedan nunca obtener cargo alguno, asesoría ni comision de ninguna especie, por ningun título, razon ni causa, y en ningun caso tengan otra ocupacion que aquella que les marca su augusto ministerio. Artículo 1.º del reglamento provisional para la administracion de justicia en España.

3.º Que las alcaldías mayores y correjimientos de todas las Islas se clasifiquen por de entrada, ascenso y término, y sean desempeñadas por letrados que deben ser de Real nombramiento, y solo en ínterin podrán los gobernadores capitanes jenerales proveerlas, á propuesta en terna por la audiencia, en las vacantes que ocurran, hasta la aprobacion de S. M. ó el nombramiento del sucesor.

4.º Que para la provision de estos destinos se cumplan las leyes de Indias, que hablan sobre provision de oficios, y se guarden los requisitos y formalidades que ellas prescriben, y cuantas ademas se crean convenientes para substituir algunas de aquellas que deben suprimirse.

5.º Que estos cargos se confieran por seis años, pudiendo prorogarse á tres mas, cuando los que los han ejercido no hayan dado motivo de queja, hayan cumplido á satisfaccion de las autoridades superiores, y despues puedan ser conservados en ellos hasta la oportunidad de trasladarlos segun convenga y corresponda, ascendiéndolos en las vacantes segun su mérito, aptitud y comportamiento; teniendo presente que la antigüedad no dará ventaja alguna, sino únicamente en igualdad de circunstancias.

6.º Que deberán ser residenciados al fin de los seis años, ó antes si dieren justo motivo de queja, á peticion de parte ó del ministerio fiscal, ó de oficio, si á ello dieren lugar, bajo reglas dadas en oportuno reglamento.

7.º Que deben ser dotados competentemente, y con una pequeña diferencia en el sueldo en la escala establecida; pues sus funciones, siendo iguales, debe haber la mayor posible igualdad en las recompensas, y debe prohibírseles: 1.º todo trato, granjería ó comercio, bajo graves penas, que se deben detallar y ser efectivas en su caso: 2.º que no perciban honorarios de ninguna clase, pues pagados por el Gobierno para administrar justicia, no deben tener otra remuneracion pecuniaria que su sueldo, y saber que su buen porte y celo por el servicio les remunerará con los ascensos que les correspondan. La estincion de los llamados honorarios de los jueces es un punto de reforma el mas interesante, pues hará que los jueces sean verdaderamente jueces imparciales, que no admitan peticiones estemporáneas, ni se multipliquen dilijencias inútiles, que muchas veces tienen lugar por hacer subir esos honorarios, que sobre el perjuicio que su desembolso irroga á los litigantes, no es de menor bulto el que sufren los negocios judiciales, por la dilacion y pérdida de tiempo precioso que se gasta en tales actuaciones.

8.º Que los letrados que hayan servido á satisfaccion del Gobierno sus alcaldías por la escala establecida, se les atienda el mérito contraido en la carrera para ocupar las plazas vacantes que ocurran en la audiencia del territorio, y sean en ellas colocados con preferencia á otro cualquiera aspirante, como la justicia exije, y recomiendan varias leyes de Indias, que tratan sobre premios de servicios, que pueden y deben entenderse lo mismo en el caso de que se habla. Cuando aquella audiencia se halle servida por majistrados que hayan hecho su carrera en las provincias, sus acuerdos y providencias no podrán menos de ser las mas justas y análogas á las leyes de Indias, á los usos y costumbres de sus naturales, y al bien del pais, como que en todo presidirá la esperiencia y práctica adquiridas en los años de su carrera, que no es lo menos para el acierto.

9.º Que se guarde escala rigurosa en la carrera, y sean promovidos á los juzgados de ascenso los de entrada, y á término los de ascenso; de modo que si este plan se adoptase, una vez provistas las alcaldías, no habian de ser provistos los que aspirasen á entrar en la carrera mas que en juzgados de entrada, y que pasasen por toda la escala para obtener plazas de majistrados en la audiencia, segun se ha dicho.

10.º Que para animar á buenos letrados á que soliciten tales cargos, justificando desde luego el gobierno de S. M. el deseo de remunerar tan dignamente cual corresponde los importantes servicios que esta clase de jueces iban á prestar, y resolverlos á emprender tan largo viaje para pais tan hermoso como remoto, declare un monte pio proporcionado al sueldo que se les señale, para que en el caso de perecer en el viaje ó á poco de su llegada, no queden en el abandono y desamparo sus mujeres é hijos; único medio de dar estímulo para que tan útil reforma se plantee cuanto antes, y se establezca, como sucederia bajo tan segura garantía. Los resultados de este sencillísimo plan serian los mas ventajosos y satisfactorios para la administracion de justicia y felicidad de aquellos paises.

11.º La dotacion de las tres clases designadas de alcaldes mayores ó correjidores, si bien no parece justo sea igual, tampoco debe guardar grande desproporcion, porque siendo iguales las tareas y trabajos de su principal instituto, no habrá mas diferencia en su trabajo que la mayor ó menor poblacion de sus distritos, y lo cual tendrá una compensacion separada, igual para todos, como se dirá en el párrafo siguiente. Asi, pues, podrán subsistir con decencia los alcaldes mayores de entrada, con el sueldo anual de 1200 pesos fuertes; los de ascenso con 1500, y los de término con 1800: se entiende sin otros honorarios ni ovenciones, como se dijo en el número 7.º

12.º La compensacion indicada antes se efectuará por medio de un abono de medio por ciento, ó á lo mas uno, sobre el percibo ó recaudacion del tributo que estará á su cargo. Entre lo que importe este abono y el sueldo señalado, es seguro no se grave al tesoro público de ningun modo, pues reunidas ambas asignaciones, no llegan ni con mucho en las mas de las provincias á lo que hoy perciben de haber los alcaldes mayores y correjidores que no administran justicia, porque por mas buenos deseos que se les suponga, su ignorancia en las fórmulas judiciales y sus ocupaciones mercantiles no se lo permiten.

13.º Que es tambien llegado el caso de que desaparezcan todos esos odiosos privilejios de los indios, tan opuestos á la marcha de su prosperidad, como repugnantes á razon; pues si en su oríjen pudieron ser buenos, lo que no aventuraré, son ya en estremo perjudiciales; y asi, la ley constitucional para aquellos paises debe ser comprensiva para rejirse y gobernarse por ella, á todos los habitantes de las Islas; esto es, que ante la ley todos sean iguales, que todos estén sujetos á ella, á todos obligue su observancia y cumplimiento, sin distincion de castas ni colores, españoles europeos, blancos y negros, chinos y mestizos, indios y mulatos, cuantas castas se conozcan con radicacion en las Islas, todos han de depender de la misma ley, asi como dependen y son parte de una misma nacion: solo el fuero militar para conocer de faltas del servicio, subordinacion y disciplina, debia ser la única escepcion; mas fuera de esto el militar debe ser juzgado por delitos comunes y en sus pleitos, lo mismo que otro cualquier ciudadano, y por la misma ley. Cualquiera distincion en ello, cualquier privilejio, no es mas que una infraccion de la ley jeneral, y no debe concederse á nadie por ninguna razon ó causa. En buen hora que se premien con jenerosidad y aun pródigamente los singulares y estraordinarios servicios que pueden prestarse en críticas circunstancias y por adelantos en las ciencias ó descubrimientos útiles en la agricultura, industria y navegacion; pero nunca se premien con infraccion de la ley: y esos premios sean puramente personales, y se fenezcan con la muerte del poseedor. En suma, una sola ley, un solo fuero, y una sola autoridad que juzgue por los mas breves trámites que aquella señale, es el único medio de allanar el camino para que la justicia sea prontamente administrada y respetada. Que se simplifiquen cuanto sea posible esas inveteradas y antiguas ritualidades de los juicios, que mas sirven para obscurecer la verdad, que para hallarla y conocer por ella el derecho de cada uno; y que letrados de suficiencia acreditada, aptitud y honradez conocidas, sean los que ocupen esos destinos; que se estinga todo fuero y previlejio para que desaparezcan del Foro esas competencias de jurisdiccion; y con la mayor sencillez, claridad y brevedad en las fórmulas de enjuiciamiento ó sustanciacion, no podrán menos de tocarse los mas escelentes resultados, y considerables ventajas á la recta y pronta administracion de justicia.

Admitido en su jeneralidad el plan de reforma propuesto, ú otro que pueda sustituirle siempre que como este presente las ventajas y economías que tiene sobre el que existe, parece oportuno por conclusion de este ramo, clasificar en los tres diversos puntos de escala los gobiernos, correjimientos ó alcaldías de las Islas Filipinas para los usos oportunos. Se ha nombrado la palabra gobiernos, porque algunas provincias tienen gobernador militar, y parece conveniente dejarlas asi para premiar méritos y servicios de antiguos y honrados militares que los han prestado en aquellos paises; asi, pues, parece cómoda y adecuada division de las provincias de Filipinas la siguiente clasificacion:

Gobiernas militares.

- *Para jefes.*
    - Cavite.
    - Zamboanga.
    - Islas Marianas.
- *Para subalterno.*
    - Islas Batanes.

Juzgados de entrada.

- Zambales.
- Batangas.
- Cagayan.
- Camarines Norte.

- Nueva Ecija.
- Mindoro.
- Leyte.
- Isla de Negros.
- Calamianes.

Juzgados de ascenso.

- Laguna de Bay.
- Tayabas.
- Bulacan.
- Batangas.
- Capis.
- Antique.
- Zebu.
- Caraga.

Juzgados de término.

- Tondo.
- Pampanga.
- Pangasinan.
- Ilocos Sur.
- Ilocos Norte.
- Camarines Sur.
- Albay.
- Misamris.
- Iloylo.

Observaciones

1.ª Al juzgado de Cagayan debe separársele la factoría ó colectoría del tabaco, y nombrar el gobierno factor colector á sueldo fijo, ó con un módico tanto por ciento, pues segun la planta que tiene, causa asombro; es escandaloso que un alcalde mayor por reunir ese cargo de colector del tabaco, cuente la escesiva dotacion que goza, la que con los acopios de tabaco para España, subirá estraordinariamente; *pasa de doce mil duros anuales* lo que sacó el alcalde que dejó de serlo últimamente. Esto es una monstruosidad que demanda pronta reforma; pues se repite, es escandaloso que un empleado tan subalterno como lo es el alcalde mayor colector del tabaco, esté nivelado en sueldo con el capitan jeneral de las Islas, y lo goce dos veces, y aun tres, mayor que las autoridades superiores de las mismas Islas, como son el intendente, rejente, oidores, contador mayor, y ministros de la Hacienda pública en Filipinas, etc. La economía en los gastos del erario y su buena administracion reclaman esta reforma, de que tengo entendido se ha hablado alguna cosa; mas se ignoran los resultados favorables, si los ha habido.

2.ª El gobierno militar del puerto y plaza de Cavite, debe quedar reducido á lo puramente militar, y el teniente de justicia mayor recaudador del tributo debe ser letrado, como en las demas provincias, y esta ser colocada en la clase de las de ascenso.

3.ª Que asi este gobierno militar, como el de las Islas Marianas, el de Zamboanga, y el de las Islas Batanes, deben ser para recompensar los servicios de los beneméritos militares que hayan servido en las Islas lo menos diez años, y con las demas calidades oportunas que se estimen, debiendo ser provistos por el gobierno, á propuesta del capitan jeneral de Filipinas cuando vaquen, pues deben ser empleos vitalicios, á menos que, dando causa y justificándose, mereciesen ser separados despues de juzgados; en cuyo caso, ademas de la privacion de empleo, sueldo y honores, sufririan las penas que hubiese lugar en derecho, y segun la gravedad de la causa porque se procediese contra ellos, juzgándolos segun las leyes. En las Islas Marianas y Zamboanga deberia establecerse un asesor.

4.ª y última. Como encargada á los jueces letrados la recaudacion del tributo que pagan los indios, deberá arreglarse en disposicion separada qué clase de garantías y en qué forma deberian prestar por este encargo, y simplificar metódicamente el sistema de cuentas que anualmente deben rendir de los fondos que recaudasen; pues el método que se observa de dar cuentas de su administracion los alcaldes mayores y correjidores al concluir y cesar en su encargo, es perjudicial y ruinoso al erario público, á los interesados, y á la recta administracion de justicia: cuentas claras y anuales es el modo mejor de poner á cubierto y en buena administracion los fondos del estado, y si se hallase otro medio mas seguro, ese deberia ser el que se adoptase.

VI

Juzgado de bienes de difuntos y herederos ultramarinos

Al tratar de los cargos que pesan sobre los ministros de la audiencia, hemos dejado para hablar en párrafo separado del juzgado de bienes de difuntos, y antes de concluir esta primera parte, es el lugar mas oportuno de ocuparnos de esta dependencia ó ramificacion del poder judicial.

El establecimiento de este juzgado es de mucha entidad é importancia, y como tal lo establecen y protejen las leyes de Indias, y muchas posteriores Reales cédulas; asi que el conservarle y perfeccionar su planta bajo reglas dadas, separar el conocimiento de sus asuntos de los ministros de la audiencia, y ponerlos en primera instancia bajo la inspeccion de los mismos jueces letrados, quienes procederán con la exijencia que marca la ley, y segun se estime con restricciones y garantías para que no puedan abusar de su ministerio aunque quieran, ni distraer un solo real de esas testamentarías, debe ser la principal base de esta reforma, muy conforme á justicia y pública conveniencia. Este juzgado tiene una caja en el mismo lugar, que se conservan y custodian los fondos públicos del estado, y en ella deposita el juez el líquido remanente de las testamentarías de que conoce por derecho. Hay un libro para su cuenta y razon, que corre á cargo de las oficinas de hacienda, donde se anotan los ingresos y egresos que ocurren, y no deja de tener esa caja una existencia de alguna entidad. Algunas de las cantidades que la forman cuentan muchos años de depósito; pues no es otra cosa la caja del juzgado que una caja de depósitos.

El Gobierno debia adoptar alguna medida útil para que á cierto tiempo tuviesen inversion esos fondos de un modo provechoso, y dando por fenecidas ciertas cuentas, saliesen á circulacion esos capitales, bien fuese pasando á manos de lejitimos dueños, ó al estado cuando estos no existiesen: al efecto podia disponerse que las oficinas de hacienda de Manila formasen y remitiesen un estado circunstanciado sobre los fondos que hoy existen en caja, la fecha en que ingresaron, y las testamentarías á quienes pertenecen, con los nombres de los que los dejaron, pues todo esto consta de los asientos de su libro. El juzgado debería remitir otra nota de los nombres de las personas que dejaron esos bienes, época en que pasaron á las

Islas, representacion ó categoría que llevaban y la que tenian á su fallecimiento, pueblo ó provincia de su naturaleza, y demas noticias oportunas, y que por los papeles de los difuntos ó informacion que deberia practicarse á su fallecimiento, son fáciles de dar á su tiempo, y hoy por los autos de las testamentarías y papeles que deben existir ó en poder del defensor que tiene el juzgado ó en el archivo.

Estas noticias deberian darse anualmente y publicarse en la gaceta de gobierno y otros periódicos dos ó tres veces al año, en distintas épocas; único medio de saber si hay ó no herederos lejítimos á esos bienes, y si los hay, que puedan recurrir á usar de su derecho y justificarlo ante aquel juzgado, el que en su caso les entregaria sus herencias. Esos capitales vendrian á España, harian las fortunas de muchas familias, y la nacion aumentaria su riqueza. Consideracion merece este particular, y mas sabiéndose que los fondos de esa caja no son de poca entidad. Seguir como hoy están, es el caudal del avaro, que lo entierra para que no se lo roben, pero que ni lo goza ni deja gozarlo: es tener sepultada una riqueza que puede producir, pero que se opone á su produccion el estado en que se la tiene de opresion y cautiverio.

Para el caso de que despues de repetidos anuncios y avisos no hubiese quien se presentase á reclamar, deberian fijarse bases y reglas para pasar al tesoro esos bienes, por no ser ni útil ni provechoso á nadie que tales fondos existan como abandonados y sin dueño, y enteramente muertos como lo están. Señalar un plazo largo y estenso cuanto se quiera, en los mismos avisos de los bienes anunciados, para que los que se crean con derecho á ellos acudan á deducirlo, repetir estos anuncios como se ha dicho, y siempre concluyendo que de no reclamar en el tiempo dado perderian su derecho, porque se adjudicarian al tesoro nacional tales fondos, y de hecho al vencimiento del plazo adjudicarlos, es el camino único de hacer productivos esos bienes, que puede decirse existen sin tener dueño conocido ni saberse á quien corresponden.

De esta clase de fondos hay cantidades en caja que cuentan cien años y aun mas: algunas otras cincuenta, y otras menos y mas; y para evitar continúen en tal estado de nulidad, ya por desidia ú omision, ó lo que es mas probable, por ignorancia, conviene se adopten las medidas indicadas ú otras en su lugar, que llenasen la idea de facilitar saliesen á circulacion esos caudales, ya fuese en beneficio de parientes herederos, ó en defecto de estos del estado; de cualquier modo es una ventaja conocida para la nacion hacer uso de esta noticia de un modo ó de otro, y por lo que se ha traido á este lugar.

Tales son las observaciones que sobre el ramo de justicia me ha ocurrido presentar, y si en ellas no hay elegancia y amenidad de estilo, hay ideas que pueden ser de suma utilidad é importancia al caso para que se han redactado, ó por lo menos deseos laudables de mejorar en las Filipinas tan importante materia: otras plumas mas dispuestas y mejores talentos podrán llevarlas al grado de perfeccion de que son susceptibles, quedando contento por mi parte con haber tratado de estas reformas, y escitado á otros por este papel á que ocupándose en tan importante asunto, se le ponga en el lugar que le corresponde, y desapareciendo el sistema absurdo, irregular y anómalo que hoy tienen esos juzgados, sean reformados oportuna y sabiamente para felicidad de los naturales y habitantes de nuestras preciosas Islas Filipinas, dándoles jueces que no tengan por primera base el aumento de sus fortunas, si no la pública felicidad: jueces en fin, de saber, de probidad y aptitud acreditadas, para administrar cumplidamente la justicia: único medio de que los pueblos, al paso que consoliden por este modo una felicidad estable, vean solo en sus alcaldes mayores y correjidores unos padres que solo desean la prosperidad de sus hijos, y se afanan por conservarles su paz y tranquilidad inalterables sobre los sólidos cimientos de la justicia, fuente y manantial seguro de todos los demas bienes en la tierra.

PARTE SEGUNDA

I

De la hacienda pública

Es cosa sabida y que todos conocen ser muy fácil reducir el sistema administrativo de hacienda á un método breve y de toda claridad en cualquier estado, como por ejemplo, en Filipinas, donde con recursos el gobierno para tener al corriente todas sus cargas, no debia haber cuentas atrasadas, ni deudas de ninguna clase, lo cual es indudable facilita y abrevia el sistema de contabilidad, disminuye trabajos, y sin disputa la cuenta y razon debe marchar por un camino mas corto y despejado, con ahorro considerable de manos ocupadas en este ramo: pues cabalmente en Filipinas hace algun tiempo parece no se ha tratado sino de complicar mas y mas este ramo, multiplicando empleados, aumentando sueldos, y proponiéndose cada dia nuevos planes, sin que de ninguno haya resultado otro beneficio que gravar el tesoro público, y retardar el curso y despacho de los negocios.

II

Recaudacion de la hacienda

La recaudacion en Filipinas adolece de ciertos vicios, que quitados, como es fácil, darian un feliz resultado y aumentarian los ingresos al tesoro. En efecto, la marcha de la recaudacion del tributo de los indios está reducida al cargo mas ó menos estricto que forman los ministros de la hacienda pública á los alcaldes mayores y correjidores encargados de tal cobranza, y esto se hace por cómputos que los mismos alcaldes pasan á dicha oficina. Esta se ciñe para ello, lo mismo que para el juicio de cuentas, á las antiquísimas instrucciones que rijen en la materia con tal ó cual pequeña modificacion adoptada de nuevo segun y como ha parecido á los señores superintendentes subdelegados de la hacienda pública, y que han variado segun la opinion y concepto que cada uno ha formado. El mas estricto ó moderado cumplimiento que han dado sus subdelegados los alcaldes ó correjidores es el segundo estremo, y todo ello no pasa de un cargo formado mal y por rutina sobre lo que deben cobrar, tomándoseles luego sus cuentas por lo que han realizado y debido realizar, exijiéndose lo primero estrictamente, y obrándose en lo segundo segun las circunstancias particulares de cada caso; viéndose frecuentemente que á unos alcaldes se les absuelven cargos por lo no cobrado, y que á otros se les condena á su pago porque no fueron tan diestros en justificar alguna causa de porque no se cobró, cuando en mi concepto ninguno puede autorizar la absolucion de lo no cobrado, escepto la muerte del tributante, ó el pase de este de una provincia á otra; únicas que pueden apoyar el que se les absuelva: todo lo demas es intriga, dolo y falsedad.

Tal anomalía deja conocer claramente cuan fácil es que los correjidores y alcaldes mayores puedan defraudar al erario; cuidado que no se dice que se defrauda, sino que es fácil pueda suceder; y siendo muy sencilla la reforma en este punto, nada mas justo y conforme que hacerla, porque el objeto principal de la recaudacion debe ocupar el lugar mas seguro y claro de que sea susceptible, y que lo recaudado se ponga bajo la mejor custodia, quedando imposibilitados los recaudadores de poder ni aun intentar la mas pequeña ocultacion; porque es indudable que cuanto mas asegurada esté la recaudacion, y cuanto mayores sean los cuidados de su custodia, tanto mayores y mas satisfactorios serán los resultados que de uno y otro deriven. Esto es por lo que mira al módico tributo de los indios y mestizos, y el mas crecido de los chinos, principal cargo y objeto en que los correjidores y alcaldes mayores ocupan toda su atencion, tanto por llenar el cargo formado, cuanto por tener fondos disponibles para sus tráficos y comercios, que es el segundo y principal punto de sus ocupaciones, como ya se dijo; todos los demas cuidados de su empleo son como secundarios ó accesorios, y que no les obligan estrictamente. La administracion de justicia, el aseo y policía urbana, la composicion y reparo de caminos y puentes y demas obras públicas, todo es mirado en jeneral con muy poca ó ninguna atencion, pues siempre ocupados en cobrar, por cubrir su cargo y adquirir fondos con que reunir cargamentos para remitirlos á Manila, sacar sus lucros y engrosar sus fortunas sin reparar muchas veces en los medios de hacerlo, en todo lo demas ponen muy poca atencion. Autorizados para el comercio por instruccion pagando al estado una módica retribucion por este privilejio, titulado *indulto para poder comerciar*, es claro y consiguiente que lo hacen con los fondos del tesoro público que recaudan y administran, valiéndose de su autoridad, que algunas ó las mas de las veces, emplean á causar vejaciones y tropelías; pues si asi no fuese, imposible seria sacase un alcalde ó correjidor las sumas que dicen algunos sacan en el corto periodo de tres ó seis años para que son provistos. De aqui, pues, deriva el gran vicio de esta recaudacion; á saber, que estos empleados dedicados á sus negocios particulares, desatienden los públicos de su destino, empleando en aquellos el lleno de su autoridad, con perjuicio de los pueblos y daño de los indios y de los intereses nacionales, que parece, segun la forma con que hoy se administran, destinados principalmente á formar el patrimonio de los alcaldes y correjidores, si sus especulaciones salen bien; y si mal, á causar pérdidas irreparables al tesoro público. Una prueba de esta verdad es el cúmulo de espedientes que siempre hay en el tribunal mayor de cuentas sobre procedimientos contra alcaldes mayores y correjidores, unos fallidos, y otros con grandes rezagos por lo que han administrado, y todos estos deudores al erario. Quítese de una vez ese comercio á los jueces de las provincias, y el tesoro público ganará mucho, y no menos los pueblos oprimidos por su autoridad, quienes solo asi verán en sus alcaldes y correjidores unos padres desvelados por su bien y felicidad, dedicados esclusivamente al cumplimiento de su ministerio, el cual bien servido facilitará á los indios toda la felicidad y abundancia de que pueden gozar si se les reforma el sistema de juzgados, como se ha indicado en la primera parte sobre administracion de justicia, porque las circunstancias de los pueblos, su poblacion y riqueza naciente asi lo exijen ya, para destruir los obstáculos que se oponen al desarrollo de tan interesantes objetos en toda estension.

Para mas convencer de lo urjente de esta necesidad, baste saber que con solo el ser nombrado un sugeto alcalde ó correjidor, ya se cree rico; y que aun en España, principalmente en la Córte, ha cundido la voz que basta ser alcalde de una provincia de Filipinas para enriquecerse: mucho tiene esto de exajeracion, y cabalmente en la práctica hay muchísimos tristes desengaños; pero tambien es cierto que algunos, no muchos, que nada tenian, con haber administrado una provincia tres ó seis años, han levantado gruesas fortunas; de ello podrá deducirse como llenan los deberes de su empleo, y como administran justicia á los pueblos que les están confiados, y como han manejado los fondos públicos. A vista de tal manifestacion, el Gobierno supremo de la Metrópoli se dignará tomar en consideracion los fundamentos que se esponen, para proceder cuanto antes á la reforma, que asi los principios de justicia como las circunstancias exijen para tan interesante ramo.

Pero es de advertir que no habiendo regla sin escepcion, nadie que haya sido alcalde ó correjidor en las provincias de Filipinas puede formar queja, porque nada se dice en particular contra los buenos alcaldes ó correjidores; los ha habido, los hay y los habrá muy buenos y laboriosos; pero tambien por el contrario los hubo y habrá malísimos, porque los hombres no son siempre unos, y tales cuales deberian ser para sí y sus semejantes: mas dejemos esta materia, de que ya se ha tratado y se ha vuelto á tocar aqui, porque los alcaldes y correjidores recaudan y administran parte de la hacienda nacional, y pasemos á tratar de los empleados, contribuciones y rentas.

Aqui es donde precisamente es indispensable dispensar al autor de esta memoria, como suplica, toda induljencia por protestar como lo hace que su ánimo no es lastimar en lo mas mínimo el carácter, concepto y opinion de ningun empleado en particular; pues su plan solo se reduce á manifestar el impulso que las rentas podrian tener, é indicar que con el aumento progresivo de empleados que han tenido aquellas oficinas de veinte años acá, si continúa, muy en breve no bastarán los ingresos del tesoro para satisfacer sueldos, pensiones, retiros y demas gravámenes con que se sobrecarga aquel erario, y se empobrece asi como al pais; por lo que es de necesidad atender con tiempo á este daño y cortarle, para no esponerse á esperimentar las funestas consecuencias que pudiera traer, y que pocos habrá dejen de conocerlas.

III

Empleados

Tomándose la molestia de cotejar las nóminas de empleados que existian en Filipinas en 1820, con los que hoy existen, se verá desde luego que se han duplicado ó acaso triplicado, sin que por eso esté mas espedito y corriente el curso de los negocios; por lo que el número de empleados debe reducirse á los puramente precisos y necesarios, y que desde luego cese ese semillero de ellos, por el cual bajo el dictado de pensionistas con trecientos pesos anuales, se han enviado allá á esperar colocacion á muchos que deberian aun estar aprendiendo..... lo que les importaria saber, mas que no obtar á empleos tan imajinarios como el dictado de su colocacion para aquellos paises, donde han gravado al tesoro público, sin serle de utilidad en mucho tiempo los que llegan á aprovechar. Agréguese á esto que luego que vaca un empleo se provee en la Península, las mas veces sin atencion á escala, méritos y servicios, y cualquiera conocerá el disgusto que esto debe causar, y lo mal servidos que están los empleos, hasta que el tiempo y la esperiencia enseñó á los nuevos agraciados lo que ignoraban cuando alli fueron. Pudiera citar ejemplos, pero esto seria salir de mi propósito y lastimar personas que de ningun modo es mi ánimo rebajarles cosa alguna de su carácter y concepto.

Convengo en que es una prerogativa del Gobierno supremo la provision de empleos, y mas los de pura gracia, como los de jefes; pero este gobierno, para que el epiteto de justo que se le dá fuese real y efectivo, parece que alguna vez, sino todas, deberia consultar la escala de empleados, pesar los servicios de cada uno, y al que por sus mayores méritos, aptitud, conocimientos y mas elevada categoría correspondiese el ascenso, dárselo; único medio de que entrando la emulacion noble entre los empleados de todas clases, la administracion se confiriese á los mas beneméritos en todos conceptos, y las rentas fuesen bien manejadas y dirijidas, y obtuviesen el fomento de que son susceptibles como en Filipinas; pues hasta el dia puede decirse que aquella hacienda está en mantillas, ó es una cosa naciente y que marcha por rutinas antiquísimas, y solo se halla modificada por el mayor número de manos que hoy ocupa.

Por otra parte, de esa abundancia de empleados tan innecesaria y que grava al tesoro público, resultan otros daños de no menor consideracion: tales son el cúmulo de jente desocupada que tan poco favorece al público sosiego; que existiendo siempre en todas las oficinas escedentes, agregados y supernumerarios para una vacante que ocurre, hay ciento á quien colocar de efectivos, con notorio perjuicio de la escala y de los beneméritos hijos de los españoles, que son tambien acreedores á que se les atienda segun su aptitud y mérito y antecedentes de sus padres, como demandan principios de política, de pública conveniencia y de rigurosa justicia: y por último, en esta parte es de decirse que si en la administracion de la hacienda pública ha de haber el buen órden que se debe observar y las posibles economías, mucho mas en los actuales tiempos de escasez y penuria por lo recargado del estado, ni uno ni otro se conseguirá aumentando empleados todos los dias, siempre innecesarios, y teniendo un número escesivo de agregados, que sobre perjudicar la escala de los de número, absorve sumas de entidad anualmente por los sueldos que disfrutan.

Otra reforma en esta parte y no de menor importancia es, que no se concedan pensiones algunas en la Península, pagaderas por las cajas de Filipinas, y que se retiren las concedidas: algo hay ya adelantado sobre esto, mas no es todo lo que deberia haber. En buen hora que las viudedades, retiros y pensiones de los que han servido y fallecido en Filipinas se paguen como es justo por sus cajas; pero estas personas, si vienen á España, deberian en justicia venir con ellas sus pensiones, con la baja correspondiente de la diferencia del valor de la moneda. Esto que parece una pequeñez, es el primer paso para establecer las economías que deben hacerse en aquel erario; economías que reclaman las circunstancias, y que de ellas resultará cortar antiguos abusos introducidos en esta parte.

La disminucion de empleados á los puramente precisos y necesarios, es otra base cardinal de reformas y economía, si se estiman en su justo valor los sacrificios que los pueblos hacen cuando contribuyen con su sudor al pago de las cargas del estado, pues reducir estas cuanto sea posible, es aliviar las cargas del pueblo, y enriquecer la nacion.

IV

De las contribuciones

El tributo ó contribucion personal de los indios, aunque muy moderado, no puede aumentarse en ningun sentido sin esponerse el gobierno á graves males, porque siendo infinito el número de indios pobres, ó que ganan solo para su subsistencia, á esta parte numerosa seria á quien aflijiria un recargo de contribucion: mas adelante, y cuando se haya dado un cierto impulso y fomento á la clase de propietarios, y cuando la propiedad se halle repartida en muchas manos, convendrá aumentar en ella el tributo que paga ahora con mucha desigualdad, respecto del gremio de jornaleros y artesanos.

El pago de esta contribucion suele hacerse en especie y en dinero, ó en ambas cosas, y esto trae consigo perjuicios de consideracion y gravedad, asi en la cantidad y calidad de lo que se recibe, como en los gastos y averías de trasporte y almacenaje. Una cuenta compensativa de las oficinas de hacienda de Manila sobre este jénero de operaciones, hubiera manifestado al Gobierno resultados seguros para tomar una determinacion en este punto; pero de todos modos es preciso proceder del principio de que cuando los empleados del gobierno hacen esa clase de tráficos en jéneros de comercio libre, pierde aquel siempre, porque sus ajentes son malos administradores, á quienes falta el cálculo y conocimientos de los precios del mercado y demas circunstancias que asisten y concurren siempre en los comerciantes particulares en negocios propios.

No se negará que asi los alcaldes mayores en sus provincias como los cabezas de Barangay en los pueblos encargados de cobrar inmediatamente el tributo de los indios, hayan influido alguna cosa en la necesidad de conmutar el pago del tributo de dinero á especie, para hacer unos y otros mejor su negocio; pero en mi juicio no es esta sola la causa que ha introducido ese sistema de cobranzas perjudicial á todos, porque el indio no es tan tonto ó inocente que dejase de vender las producciones de su agricultura á quien se las pagase en mayor precio que el del arancel, bajo el cual se le reciben en especie por los cabezas y alcaldes mayores. La causa principal que ha hecho casi necesaria é indispensable esa conmutacion, y que directamente obra desde luego en perjuicio del indio, y algo contra el tesoro público, es la falta de una moneda colonial y peculiar solo de Filipinas, como la tienen todas las demas posesiones europeas del Asia, de cuya necesidad, asi como de las ventajas de todas clases que traeria, se hablará en párrafo separado, segun merece. Esto vivificaria el comercio interior, facilitaria el pago del tributo, y fomentaria las demas contribuciones indirectas establecidas.

Las contribuciones indirectas por rentas estancadas en Filipinas, son las mas análogas á la naturaleza de unos habitantes, que brindados abundantemente por su suelo feraz con todos los medios necesarios á su alimento, convierten en objetos de primera necesidad los goces supérfluos á la vida. Debe ser, pues, una máxima constante de buen gobierno fomentar y rectificar la administracion de estas contribuciones indirectas, especialmente la del tabaco y vino, no solo porque ellas por sí bastan á cubrir abundantemente todas las cargas del estado en todos los ramos, sino porque en el caso de una guerra y falta absoluta de comercio, tendrá el Gobierno este firme apoyo de su existencia; y no dar oidos á las sujestiones y propuestas de aquellos que de buena ó mala fe, ó al menos por ignorancia, trabajan por libertar del estanco á las Islas.

Ultimamente, es de advertir que ínterin estas contribuciones no se jeneralicen por todas las provincias del Archipiélago sujetas á la dominacion española, de modo que se estinga el foco del gran contrabando que siempre reside en las provincias exentas, y se adopten las reformas necesarias para su mejor administracion y fomento, los productos en favor del erario han de ser muy desproporcionados con los consumos de la grande poblacion de las Islas, segun puede inferirse y conocerse por lo que seguidamente se dice tratando sobre la renta del tabaco de Filipinas.

$$V$$

Renta del tabaco

La renta que mantiene las Islas, la que no puede subrogarse con otra, y la que bien establecida y administrada produciria ventajas y rendimientos incalculables, es la renta del tabaco. Tres millones y medio de habitantes, todos sin escepcion de sexo ni edad consumidores de tabaco, y cada uno de los cuales, compensadas las clases y por un cálculo bajísimo, se puede regular de consumo cuatro pesos fuertes al año por persona, producirian una contribucion de catorce millones de duros, que sacarian de la tierra y de las artes para dar al mismo tiempo un gran fomento al comercio. Este cálculo no es una paradoja, es una realidad y verdad práctica; porque el uso del tabaco es tan de primera necesidad para los indios, que puede sobre ese objeto formarse el mismo cálculo que se formaria sobre el consumo del pan en España, ó sobre otro artículo de mayor necesidad si lo hay.

El tabaco de Filipinas por su calidad, y segun el gusto y opinion de los consumidores nacionales y estranjeros, ocupa el primer lugar, despues del de la Habana, entre todas las clases de tabacos que se cultivan en Asia y América, y el precio ventajoso que el tabaco de Manila conserva constantemente en los mercados de la India, China, Batavia, Islas Marianas, Cabo de Buena-Esperanza y otros puntos, sobre todos los de otras procedencias, justifica ese concepto, asi como los crecidos derechos con que las mas de esas aduanas lo han recargado. De modo que tambien por su calidad especial ofrecia esa planta un artículo importantísimo y vasto de comercio. Sin embargo, se indicarán las causas que impiden conseguir las ventajas espuestas como ramo de estanco y como ramo de comercio.

El establecimiento de esta renta en unas provincias de las Islas y no en otras, especialmente en las ultramarinas, respecto de la isla de Luzon, ocasiona tres clases de graves perjuicios. 1.º La falta en el erario de la contribucion de los pueblos exentos del estanco, cuyo privilejio mantiene tambien una desigualdad é injusta condicion entre súbditos de un mismo gobierno. 2.º La falta de consumo que en las provincias del estanco ocasiona el contrabando abundante que las provincias exentas hacen á favor del fácil trasporte por mar y de la estension de las costas no pobladas de la isla de Luzon, que tanto favorece los desembarcos. Y 3.º El aumento de gastos en mucha parte infructuosos que en el resguardo de mar hace la renta. Estos daños son tan evidentes, que estando en el dia sujeta al estanco una mitad poco menos de aquella poblacion en Filipinas, solo produce la renta una cuarta ó quinta parte de lo que por un cálculo razonable debia producir.

Se ha proyectado en otros tiempos estender ese estanco á todas las provincias del Archipiélago; pero no se ha llevado á efecto, porque las autoridades han considerado que los productos de varias islas no compensarian los gastos de administracion y resguardo del ramo; pero este cálculo es muy errado, porque ademas de que esa falta de productos es un mal pasajero en los primeros años del establecimiento de los estancos, y hasta que estos no se regularicen, la sola prohibicion de sembrar libremente tabaco en las islas exentas hasta hoy, estinguiria el foco del gran contrabando que se hace en las provincias de la isla de Luzon, y este solo aumentaria un doble cuando menos los consumos de los estancos de ésta. Ventaja real y efectiva, grande y jeneral, que ha debido anteponerse al mezquino ahorro que vanos temores ó cálculos poco meditados han podido presentar.

Otra causa hay perjudicialísima al consumo del tabaco en Filipinas, que es la poca intelijencia, solemnidad é imparcialidad con que se procede en los aforos al recibo de la hoja de los cosecheros por la renta. Un acto tan importante, del cual depende el que la renta se utilice ó pierda centenares de miles de pesos, está confiado á aforadores particulares, que se dicen peritos, y empleados estacionarios en los paises de las siembras, y que relacionados con los cosecheros hacen sobre ese punto lo que quieren, si ya no es que esa funcion sea oríjen de fraudes y sobornos. Los defectos del tabaco en un pais de jeneral consumo son bien conocidos del público, y porque los conoce, es porque se retrae lo posible de su compra, y prefiere malo por malo el del contrabando, que siempre es mas barato. Se queja, pues, con razon de que en ese acto abandonado á los aforadores, hay mas bien falta de imparcialidad y de buena fe, que de intelijencia, y de consiguiente se remediarian los abusos en el recibo de la hoja del tabaco, nombrándose cada año, y en el momento de la necesidad, nuevos empleados de otra esfera, que por espresa comision pasen de Manila á las provincias al reconocimiento y recibo de la hoja, y cuya ilustracion é intelijencia pueda descubrir y destruir todas las artes y manejos que se empleasen en estos casos, y economizarse los sueldos de trecientos pesos anuales que se dan á los titulados alumnos de aforadores, creados pocos años hace con el fin de que instruyéndose en el cargo de aforadores, sirvan al caso á la renta cuando sea necesario; pero esta medida sola no llena el objeto en la forma establecida, porque viven entre los cosecheros, están con ellos en estrechas relaciones, y no puede de este modo conseguirse el fin de procurar evitar fraudes; ademas de que pueden economizarse los pesos que se invierten en sus sueldos.

Considerado el tabaco como ramo de comercio en Filipinas, puede decirse que hasta mi salida de las Islas no tenia objeto de espendio y fomento. En la India, China, Batavia y otros puntos del Asia y la América, es artículo de puro lujo consumible por pocos, y las cantidades que se estraen son de tan poca consideracion, que la renta en Manila ha podido suministrarlas sin perjuicio de su consumo en las provincias, ni de sus acopios nada aumentados por tal razon. La España consumidora casi jeneral y única de ese artículo, proporcionará á las Islas Filipinas las ventajas de un grande ramo de comercio, á la navegacion mercante un fomento y ejercicio lucrativo, al erario y la nacion ahorros considerables por las cantidades que salen para el estranjero, y á los consumidores la satisfaccion de mejorar de objeto en sus inclinaciones, porque no convendré jamás en que un tabaco puro, suave y aromático, como el de Filipinas, reconocido asi por todas las naciones que lo han gustado, dejase de ser preferido en España al que jeneralmente se consume del estranjero, que dificilmente podrá llevarlo á otra parte si se jeneraliza el de Manila.

En el tabaco, como en los manjares, hay cierto gusto nacional. El chino, el malabar, el malayo, prefieren el uso del tabaco de sus cosechas, pareciéndoles á cada uno de ellos detestable el tabaco de los otros. En España no hay cosecha, el gusto se ha formado por la costumbre y la necesidad, y por estos mismos medios puede variarse y aun mejorarse, porque es indudable que el tabaco de Manila, como planta escede en buena calidad á otras muchas de su clase, y que todo lo demas es capricho, ilusion ó prevencion. Todos los mercados de España y algunos de otras naciones de Europa se resistieron en un principio al consumo del azúcar de Filipinas, por la novedad de su olor y de su grano, y despues el conocimiento de que sus ventajas esenciales son mayores que sus calidades accidentales, le han hecho de un consumo jeneral y apetecido, y es en el dia uno de los principales frutos que constituyen su riqueza.

El tabaco crece en Filipinas en todas partes, y la produccion de este ramo de agricultura es indefinida, y á precios mas bajos que los que se cosechan en otros paises. La navegacion, aunque larga, es bien conocida y apetecida por el comercio. Los fletes no pueden esceder de un peso por arroba, lo que se acredita por las conducciones hechas hasta aqui, de modo que se hallan naturalmente establecidos los elementos de un gran ramo de comercio entre Filipinas y España, sin que se advierta sobre este punto necesidad de otra precaucion que la de que la hoja de tabaco de Manila sea precisamente conducida dentro de cajones emplomados y cerrados herméticamente, como se trasporta el té de China, á fin de que no se disipe su aroma ni disminuya su fuerza, como sucede al de la Habana y otros en las navegaciones.

De todo lo espuesto sobre esta renta, las reformas y bases que para su fomento, el de la agricultura y comercio deberia adoptar el Gobierno, parece son como mas adecuadas:

1.ª Que se estienda el estanco del tabaco en Filipinas á todas las provincias exentas de él, sin escepcion alguna, valiéndose aquel gobierno de los medios suaves y de lenidad con que se hizo la conquista y adquisicion de aquellos paises, y nunca, ó en muy raro caso, de la autoridad ó de la fuerza; mas llegado este caso, debe con toda enerjía hacer respetar sus disposiciones y mandatos.

2.ª Que el reconocimiento y aforo de la hoja que la renta compra á los cosecheros, se haga ante una junta nombrada anualmente de empleados de la capital de la mayor confianza é intelijencia en el ramo, con asistencia del alcalde mayor de la provincia, ante la fe del escribano público, si lo hay, y de no, se elijirá persona para el caso que estienda y autorice las dilijencias de la junta: concluido el acto, deberia quemarse en seguida ante la misma junta todo el tabaco que hubiese resultado inútil. Todo esto, practicado en la forma dicha, sobre garantir el buen empleo de los intereses de la renta, destruiria cualquier oculto manejo que los pudiese perjudicar, y las formalidades prescritas darian cierta importancia al acto, muy necesaria y propia para que se respeten cual corresponde los fondos públicos.

3.ª y última. Que por contratas de fletamentos de buques, como se ha establecido, pero en buques españoles, renovadas anualmente, se traiga á España todo el tabaco que se necesite para el consumo de la Península, pagándose con el importe de la recaudacion de ramos de hacienda remisibles á España y sobrantes anuales de las cajas de Manila, y haciendo desaparecer ese sistema ruinoso de libranzas.

Asi establecido el plan, serian de mucha consideracion las utilidades que la nacion sacaria anualmente de este ramo, y no de menos bulto é importancia el fomento que recibirian la agricultura y comercio de Filipinas, y de mas entidad de lo que se pueden describir los auxilios con que las provincias asiático-españolas contribuirian al erario público, porque cesaria ademas la contribucion que pagamos al estranjero por su tabaco de Kentuqui y Virjinia; cosa chocante y aun escandalosa, pues somos tributarios del estranjero por un artículo del cual con nuestras provincias ultramarinas podemos abastecer al mundo con mejor jénero y á mas cómodo precio; y sin embargo de que la Providencia y el arrojo y valor español nos hizo dueños tres siglos ha de esas minas de tabaco, seguimos hasta hoy siendo tributarios al estranjero por esta produccion, porque no se ha sabido, ó no se ha querido sacar el partido que se debe de nuestras propias producciones.

Mucho mas podria añadirse en esta materia; mas basta lo indicado para oportuno recuerdo de lo que en esta parte nos conviene y lo que necesitamos hacer, pues supérfluo seria, y aun molesto, detenerse á demostrar cosas que se hallan en este punto muy al alcance de todos.

VI

Renta del vino

Los productos de esta renta no pueden nunca llegar á ser en Filipinas de la consideracion que los del tabaco, porque los indios (únicos consumidores de los vinos estancados) son muy sóbrios en bebidas, porque aun no conocen en toda su estension el vicio de la embriaguez.

El vino de coco y nipa, únicos estancados, son saludables para los indios, porque el estanco ha regularizado los surtidos de los pueblos, ha perfeccionado la elaboracion del licor, y ha moderado su fuerza, haciéndole mas grato y provechoso; y asi los indios en jeneral desean mas el estanco que la libertad de este artículo.

La falta de incremento de esta renta pende principalmente de no hallarse estendida por todas las provincias de las Islas, como deberia estarlo, para igualar la condicion de los naturales, destruir el contrabando, y evitar por este medio hagan otras bebidas nocivas á su salud, segun sucede con el rom ó aguardiente de caña, ó miel de azúcar, mistelas y otros brevajes que hacen poco saludables.

Esta idea de estender el estanco de esta renta por todas las provincias acaso alarme á muchos que se tienen por prácticos conocedores del carácter de los indios, y viendo en cada reforma útil y necesaria un jérmen de males sin cuentos que con exajeracion les presenta su apocado espíritu, influyen, se dedican y trabajan siempre en oponer obstáculos y formar resistencia, mas por vanos temores que por razon, para que no se progrese en el camino de las mejoras. A estos espíritus débiles por única contestacion á sus visiones, y por razon poderosa en apoyo de mi doctrina, baste decir que no hace muchos años se estendió el estanco de esta renta á las provincias de Camarines y Albay, y se planteó y estableció sin oposicion ni resistencia alguna, y la renta aumentó sus ingresos con los productos que tales provincias dan, y que antes no sufrieron tal estanco: con que asi como poco hace se estableció en estas provincias sin usar de la fuerza, sin violencias y sin ningun jénero de opresion, es facilísimo establecer este estanco en todas las demas exentas, único medio de que esta renta progrese y aumente los rendimientos.

Mas en lugar de ocuparse en tan importante asunto, y dar á la renta la estension que debe tener para su fomento, no hace mucho se la recargó con nuevos empleados y sueldos, elevándola á un rango en sus gastos que jamás tuvo, y que aun no era necesario los tuviese. No contentos aun con esto, en 1839 se aprobó la creacion y establecimiento de una administracion subalterna, titulada del Casco de Manila, dotándola con un administrador con mil pesos de sueldo anual, un interventor con seiscientos, y que sé yo que mas, cuando el sistema de la renta desde su oríjen ni ha hecho necesaria esa administracion subalterna ni esos gastos, y pudiera muy bien seguir sin uno ni otro, ser lo que es, y fomentarse sin aumento de tales empleos y sueldos. No he visto ni tengo noticia exacta de las bases que se fijarian al formarse ese espediente de aumento de empleados y creacion de esa subalterna, que al fin se aprobó; mas dudo que reporte ventajas de consideracion á la renta, y creo que mas que de utilidad sea de gravámen; asi lo persuade el saber que el administrador jeneral D. Pablo Fernandez Alonso sirvió en ella muchos años sin los altos empleados que hoy tienen las oficinas jenerales, la organizó y perfeccionó, llevándola á un grado de esplendor por los productos que rendia, que es fácil conocer cotejando cómo recibió la renta y cómo la entregó á su sucesor. Los datos para venir en conocimiento de esta verdad en secretaría de hacienda, deben existir, y con ellos á la vista se verá lo que fue la renta y lo que es hoy, lo que gastaba antes y lo que hoy gasta, y de tales noticias nada mas fácil que partir con una reforma, que al paso que asegure la mejor administracion, haga las justas economías que se deben, y evite se estienda la mano con facilidad á nuevas creaciones de oficinas y aumento de empleados, hasta tanto que la estension que debe adquirir la renta, lo demande para dotar las nuevas dependencias que deben establecerse, si se quiere que la renta del vino llegue á ser lo que puede y debe ser en unas provincias en que es bien mirada, y en las que no se halla establecida, no se resistirá su establecimiento, si se hace por los medios prudentes y suaves bien conocidos en Filipinas.

VII

Oficinas de hacienda en particular

Las oficinas tituladas tesorería y contaduría jeneral de ejército y hacienda pública, las primeras de las Islas, el tribunal y audiencia de cuentas ó contaduría mayor, la intendencia jeneral de ejército y superintendencia jeneral subdelegada de la hacienda pública, rentas del tabaco y vino, aduana, correos y secretaría del superior gobierno, aunque merecian ser tratadas cada una en párrafo separado, se traen todas en globo á este lugar, porque en todas ellas solo hay un vicio que combatir, á saber: el escesivo número de empleados propietarios, escedentes, supernumerarios, &c., que hay en todas ellas, y la necesidad de una limpia, que reduciéndolos á los puramente precisos, útiles y necesarios, descargue el tesoro público de tanto sueldo, pension y rentas que no debia pagar, porque si con veinte buenos empleados puede estar cubierto el servicio, ¿por que ha de mantener el estado ciento ó doscientos? Esto y solo esto es el plan de reforma que estas oficinas necesitan; la culpa de este abuso, de este desórden, y aun si se quiere de esta iniquidad, no es de los infelices pretendientes que obtaron y consiguieron esas colocaciones, sino *del gobierno,* que debiendo saber le bastaban veinte empleados, por ejemplo, fue nombrando *á cientos,* sin cuenta y razon, proveyendo supernumerarios y futuras contra ley espresa de Indias, gravando y perjudicando aquel erario, y no poniendo todo el esmero y celo en administrarlo cual debia.

Sin embargo de lo dicho en globo de todas las oficinas para el fin únicamente de manifestar se hallan provistas con profusion de empleados, debo tambien tratar, aunque lijeramente, de algunas en particular, porque adoleciendo de algunos vicios, deben denunciarse y procurarse su remedio.

Tal sucede, por ejemplo, en la contaduría y tesorería jeneral de ejército y hacienda pública, las primeras oficinas, como se ha dicho: el contador y tesorero jeneral son dos jefes que recaudan, administran y distribuyen juntos, ligados mancomunadamente y en el ramo informativo los liga igual mancomunidad, segun antiquísimas instrucciones, las que si en su oríjen y muchos años despues pudieron ser útiles y buenas, ya son defectuosas y aun perjudiciales, porque este método atrasa el servicio, y da lugar y oríjen á disputas, disensiones y aun escándalos entre ambos jefes, como en mi tiempo lo he visto; por lo que la separacion de estas oficinas y su establecimiento en nueva planta y forma, marcando á cada uno sus atribuciones, es de tal urjencia y necesidad, que seria molesto y aun tiempo perdido detenerse á demostrar una verdad de que el Gobierno debe tener datos precisos y exactos; y por lo que tengo entendido que ya se ocupó de esto en otro tiempo, y hoy deben estar separadas esas oficinas; mas no teniendo una certeza de ello, he emitido mi pobre parecer en el particular.

En el tribunal y audiencia de cuentas, ó sea contaduría mayor, si con el aumento de manos que ha recibido desde mi ausencia no ha puesto al corriente sus negocios, no sé para cuando se conseguirá esto; bien que no es la culpa de los empleados, sino de los deudores de la hacienda, dedicados á entorpecer y dilatar el pago de lo que adeudan por cuantos medios están á su alcance: asi es que hay una regular existencia de espedientes de juicios de cuentas que cuentan muchos años de actuarse, aunque por trámites desusados, desconocidos, y por lo tanto ilegales, como que se encaminan únicamente á demorar el pago de lo que deben, con perjuicio y daño del erario, como deberá saber el Gobierno por las relaciones que el contador mayor remitirá anualmente del estado de los juicios de cuentas, con espresion de lo que se debia, lo que se ha cobrado, y lo que aun se resta á deber, con relacion de las dilijencias para todo practicadas.

Sobre este punto siempre ha habido atrasos de consideracion en Manila; muchos pudiera citar, pues como asesor que fui del tribunal mas de tres años sin sueldo alguno (y cuya plaza tan útil y necesaria no tuvo á bien aprobar S. M.), tengo noticias muy exactas sobre el caso, y un cuaderno de providencias que dicté, que algo probaria lo que en el caso dijese; mas como ya he dicho que mi objeto no es acusar á nadie, sino denunciar abusos en jeneral, y proponer remedios, concluyo en este particular diciendo, que si no se toma una medida enérjica y obligatoria, con estrecha responsabilidad efectiva y no nominal, el tesoro cada dia perderá mas y mas, y sufrirá quebrantos, como siempre los sufrió, y comprueba ser asi la Real cédula de 29 de Octubre de 1807, por la que S. M. estrañó tantas cosas sobre la administracion de la hacienda pública en Filipinas en aquella fecha, cuantos son los puntos y estremos que abraza esa Real cédula dictada y dirijida á cortar abusos, y poner en mejor estado la recaudacion y administracion de las rentas del estado. Esta Real disposicion, como digna de tenerse á la vista, y muy conducente á las reformas que conviene hacer, pues siguen los mismos ó mayores abusos, irá en copia al final, señalada con el número 2, por tener un tanto de ella casualmente entre mis papeles.

Las oficinas de la superintendencia de la hacienda pública, bien consideradas las ocupaciones y tareas, y que el capitan jeneral, como gobernador, tiene un secretario y una secretaría que pudieran despachar aquellas, seria muy útil y provechoso suprimirlas y ahorrar sus sueldos, y refundirlas en las oficinas de gobierno, ejerciendo las funciones de superintendente jeneral subdelegado el capitan jeneral, como lo fue por muchos años, habiendo acreditado la esperiencia que la reunion de toda la autoridad superior en la primera que manda las armas, es ventajoso para aquellos paises; pues es sabido que cuanto mas se divida y comparta la autoridad, es menos potente, tiene menos prestijio y fuerza moral, y por consiguiente como menos poderosa, menos respetada, y mas espuesta á desaires, que por pequeños que sean, mancillan el carácter de los primeros funcionarios de un estado. Ademas, las economías que esto proporcionaria son tambien de bastante bulto y peso para el efecto de esta reforma.

Al hablar de las rentas del tabaco y vino, ya se indicó que abundan de empleados, por lo que solo resta indicar que en la primera únicamente deben aumentarse elaboratorios y almacenes para manufacturar y conservar cuanto se pudiese trabajar y tener siempre abundantes surtidos de todas menos, no solo para remesar á la Península, sino para vender al estranjero, y satisfacer cuantos pedidos hiciese el comercio para esportar, pues como artículo de comercio puede tambien ser muy útil como ya se indicó. Esto ocuparia muchas familias, y les facilitaria subsistencias; ademas de lo muy provechoso y útil al tesoro nacional, que indudablemente aumentaria sus ingresos.

En la aduana habia mucho que decir, pero se deja al silencio por no incurrir en alguna inexactitud, porque sobre este establecimiento hay parte interesada que puede y debe promover las útiles reformas que crea le convienen. El comercio de Manila se ha quejado confidencialmente muchas veces del retraso que sufren los negocios y otros perjuicios que esperimenta por el método con que se hallan montadas las oficinas de aquella aduana, en donde de sol á sol y sin escepcion de feriados ni festivos deberia estar constantemente corriente el despacho; mas sobre todo, el comercio es quien debe representar y pedir para remover los obstáculos que le perjudiquen, y plantear la marcha de reformas adecuadas á sus necesidades.

Ultimamente, es de notar y saberse que en todas las oficinas hay un crecido y aun exorbitante número de escribientes indios que gozan dotacion desde cuatro pesos á doce cada mes; clase que yo juzgaria prudente suprimir, pues todo empleado debe saber que lo es para ocuparse de lo que se le confie y ponga á su cuidado, y escribir por sí y sin necesidad de sirvientes cuanto demande el negociado de su atribucion. Solo los jefes deberian tener cada uno un escribiente aventajado para copiar correctamente sus trabajos; pero que todas las mesas tengan una, y algunas dos plazas de escribientes, y ademas, como sucede en alguna oficina, haya mesas, que podremos llamar de trabajos jenerales, puesto que se juntan seis, ocho y aun mas á copiar, como mesa de escuela, no solo es chocante, sino engorroso y perjudicial, por las sumas que sus sueldos absorven. Esos indios mejor ocupados en tareas de su clase, serian otros tantos brazos útiles á la industria y agricultura de las Islas, en lo cual prestarian mas útiles servicios al estado, que no en la miserable holganza en que viven, esclavos del escaso sueldo que gozan.

Sobre correos ya se ha dicho que el esponente con otro compañero de diputacion formuló varias reflexiones para dirijir una esposicion al trono con motivo de haber llegado á entender la reforma gravosa que en esta renta se introducia, aprobándose una oficina principal de un modo brillante y costoso sobre escasos productos y puramente eventuales, como se verá comprobado por dichas observaciones, que como se ha dicho, irán en copia al final, señalada con el núm. 1.º

Algo mas quisiera estenderme sobre el caso, mas no atreviéndome á aventurar nada sin datos exactos, suspendo ampliar mis reflexiones en este asunto, por evitar que luego se interpretasen de siniestras, hijas de mala fe, ó al menos de una crasa ignorancia, cuando precisamente en este asunto, sin ver el espediente que produjo la aprobacion de esa oficina brillante, y aun sin hacer uso de lo practicado anteriormente, no podria presentárseme cosa mas fácil que montar ese establecimiento de un modo que sin gravar al erario, fuese útil á los dependientes que debian ocuparse en él; mas esto no es de este lugar ni de mi incunvencia, al Gobierno toca examinar la planta que tiene, y conocidos sus vicios, reformarlos del modo mas económico y justo.

Resulta, pues, de todo lo dicho en este párrafo, que las oficinas de la hacienda pública de Filipinas necesitan de una reforma grande, y dejar reducido el número de empleados á los puramente precisos, útiles y necesarios: que por ahora no hay necesidad de conceder empleos á persona alguna para aquellas Islas, pues hay un sobrante de empleados muy considerable: que hay poca economía en la administracion, y que debe reformarse y procederse en ella con mas atencion y cuidado que hasta aqui: que debe desaparecer ese sistema ruinoso de libranzas, sustituyéndose á ese método de traer dinero á la Península la construccion de buques de guerra; pues el arsenal, la infinita multitud de maderas de construccion que producen las Islas y demas requisitos para el caso, todo lo posee Manila en tan alto y aventajado grado, cual puede desearse: que en la provision de vacantes que ocurran en todo jénero de empleos, y cuando ya no haya escedentes ó supernumerarios que colocar, debe ser atendido el mérito, aptitud y servicios de los empleados en aquellas provincias, y darse lugar en la escala que debe establecerse á los hijos de los españoles que despues de muchos años de servicios en las Islas, han fallecido dejando á la posteridad su buen nombre, y á sus familias poco menos que en la indijencia: y por último, que las rentas del tabaco y vino deben ocupar un lugar muy preferente en el ánimo del Gobierno, para sacar de ellas todas las ventajas de que son susceptibles, mandando se les dé toda la amplitud y estension que deben tener en beneficio de la riqueza del pais y aumento de las utilidades para el tesoro público, adoptando para todo las medidas justas y prudentes que pueden conducir al logro de objetos tan importantes.

VIII

Almacenes de provision, falúas del ministerio, hospital militar y real botica

Los almacenes jenerales de provisiones de Manila, muy útiles en su oríjen, son ya en el dia en estremo gravosos al erario por su nulidad, y perjudiciales al fomento de la riqueza comun de los vecinos. Se hallan bajo la inmediata inspeccion, gobierno y responsabilidad de un guarda-almacen mayor, inmediato subalterno de los señores contador y tesorero jeneral, ministros de la hacienda pública.

Estos almacenes no tienen ya en el dia motivo alguno que acredite ni autorice su estabilidad por la utilidad que prestan; al contrario, cuanto pueda decirse todo es poco para cerciorar la necesidad de suprimirlos enteramente, pues es indudable que en las actuales circunstancias (que no hay temor retrocedan, y si esperanzas de que mejoren) ninguna ventaja traen al tesoro público, y suprimidos ofrecen economías y ahorros considerables, y establecido el sistema de contratas particulares para cualquier cosa que se ofrezca, verificadas en subastas públicas anualmente para aquellos efectos de necesidad; y cuando fuesen necesarias las de otros artículos cuyo uso es menos frecuente, se lograria el fin de tener provision de cuanto fuese necesario, sin irrogar gastos de almacenaje, ni sufrir pérdidas por lo que se deteriora ó echa á perder. No hay ya que temer falten licitadores para todo que hagan los remates para suministrar cuantos artículos puede necesitar el Gobierno para sus atenciones, y sobre los que se halla establecido el sistema de acopios: la agricultura y la industria de las Islas, si no tan florecientes como fuera de desear, han tomado una aptitud majestuosa, y Manila y sus estramuros reunen ya capitalistas muy suficientes para llenar el objeto.

Por este medio se proporcionaria un camino mas de ocupacion y utilidad á esos capitales, y al erario economías considerables, que es abrir una puerta mas á la prosperidad y riqueza de las Islas. Ademas, la calidad de los artículos de acopio y consumo recibirian mejoras en beneficio de los consumidores, y el erario ahorraria ademas de los gastos de almacenaje, los de conduccion que paga de los artículos que por su cuenta se acopian en las provincias, y de su riesgo se conducen á almacenes; y en el acopio de arroz en las provincias cosecheras donde se colecta para almacenes, cesarian algunas vejaciones que en ello suelen cometerse, y los indios adquiririan la perfecta libertad de poder vender sus cosechas cuando y como tuviesen por conveniente: porque es de saber que se les obliga á venderlo á título de para almacenes de provision, contra su voluntad y por los precios que el comprador suele designar, y con medidas, que si algunas son legales, no todas son perfectas.

Ultimamente, la supresion de los tales almacenes es de necesidad; porque entre los muchos beneficios de todas clases que reportaria este medida merecen contarse, principalmente el cortar ciertos abusos que hay, y aun fraudes que pueden cometerse, y librar de quebrantos y pérdidas á la hacienda pública, como alguna vez ha sucedido, sufriendo daños en los efectos almacenados, ya por malversacion de los almaceneros ó ya por descuido ó abandono, dando lugar á inutilizarse ó perderse en todo ó en parte los efectos acopiados. Este asunto demanda mas atencion de la que parece.

No es de menor utilidad la estincion de las falúas llamadas del ministerio, y que anualmente gastan de tres á cuatro mil duros, sin que dejen provecho alguno, ni reporte el erario utilidad de ninguna especie de su servicio: mas creo que este punto ya se resolvió en 1839; pero no teniendo noticia cierta de que asi sea, por si no se hubiese aplicado el oportuno remedio, se hace mencion de este gasto inútil, supérfluo, y cuanto de el se quiera decir.

El hospital militar y la llamada real botica son dos establecimientos que pueden considerarse como una mina bien esplotada, ó como un comercio lucrativo siempre, y nunca de pérdidas.

Se hallan como los almacenes bajo la inspeccion de los señores ministros de la hacienda pública, tesorero y contador: el primero dotado de un contralor, un administrador, tres médico-cirujanos, un escuadron de practicantes y sirvientes, desde el mayordomo hasta el último criado, y por último con una botica que es lo principal de la mina.

Las estancias de los enfermos, oí cierto tiempo salian al estado á razon de 28 á 30 rs. vn. por estancia: á la vista de Manila se halla el hospital de Cavite, en donde los enfermos no gozan menos que en Manila de aseo, buena asistencia y mejor trato; pero por contrata solo le cuesta al estado cada estancia dos tercios menos que las otras; es decir, 10 rs. vn.: ¿por que esta notable diferencia? Allá lo saben los que lo manejan, y algo tambien sé yo, pero no es este el lugar ni el tiempo de decirlo.

Este establecimiento podria y deberia suprimirse, para darle nueva forma, poniéndole por asiento renovado en subastas públicas por el tiempo que se estimase, procurando que los periodos no escediesen de cinco años ni bajasen de tres, aunque si fuera dable volverle á la planta que tenia cuando la hacienda pública le tomó por su cuenta, seria mas económico al erario y mas provechoso á los pobres enfermos.

De cualquiera de los dos modos que se montase serian ventajosos para la hacienda nacional los resultados, y mas porque consecuencia lejítima era que la real botica desapareciese, y con ella se quitase á la contaduría mayor ese juicio de cuentas de la botica y sus emanaciones: cuentas que es imposible ajustarlas cual corresponde, y menos ponerlas en el punto de vista conveniente para cerciorarse de la lejitimidad de sus ingresos y egresos con la debida claridad; porque si el boticario dice tales y cuales medicinas que se vendieron al público, tanto; tal cantidad por las que se consumieron en el establecimiento, tal por las que se deterioraron, inutilizaron ó se perdieron enteramente: ¿quien puede averiguar y saber lo cierto? ¿quien puede tachar esto, aunque particularmente sepa lo contrario? pues ¿y la puerta al fraude que tiene abierta el boticario por tantos conceptos para gozar cuanto quiera si se dejase llevar de la ambicion ó de un mal deseo? ¿quien podrá juzgar de todo esto? nadie: y si al boticario agrada especular de su cuenta y comprar medicinas bajo el nombre de un tercero, que sabe ha de comprar el hospital y ser él el abaluador, ¿que puerta no se le abre para ganar cuanto quiera y vender sus drogas al precio que guste ponerlas? Son muchas las anomalías de este establecimiento, con conocida esposicion de gravar al erario: asi, pues, esa botica debe desaparecer, porque si en su oríjen pudo ser de utilidad y mucha, segun se montó, ya en el dia segun su planta es por judicialísima y gravosa al erario.

Si en un principio no hubo mas botica en Manila que la del hospital, y las que despues establecieron en sus conventos los regulares, y las que mucho ha cesaron, en el dia hay otras cinco, que aun cuando sola una (la del convento hospital de S. Juan de Dios) se halla rejenteada con los requisitos legales necesarios, ello es que existen cinco, y que todas despachan, y se lucran estraordinariamente, y si la del hospital militar se abriese al público, como las otras, podrian sacarse de ella para pago de sueldos de los empleados que tiene y medicinas de valde para el consumo de la casa; mas el estar cerrada al público le priva de estas ganancias.

Por último, es tambien de notar en este lugar, que sin embargo de estar cerrada al público esta botica, hay vecinos con cartas de privilejio, por medio de la cual se proveen de sus medicamentos. Esta carta es una órden que en mi tiempo daban los señores contador ó tesorero de la hacienda, y con ella el boticario despachaba las recetas que el agraciado solicitaba: para cobrar el importe de estas recetas, que se hacia por años, las pasaba el boticario con su cuenta y visto bueno del contralor del hospital á las oficinas principales de la hacienda, y los señores ministros comisionaban un empleado de su confianza que fuese realizando esas recetas: todo anomalía, todo injusticia si se quiere, y todo rutina, abuso y despotismo, que es necesario destruir y crear órden, regularidad y estricta justicia.

IX

De la moneda provisional en Filipinas

El peso español es la moneda universal del comercio entre todas las naciones del Asia, y como el jiro esterior atrae asi constantemente la circulacion, los gobiernos de todas las colonias de aquella parte del mundo se han visto obligados á crear una moneda colonial, que por su valor intrínseco no pudiese ser estraida, y que entreteniéndose en el comercio interior de las provincias, alimentase y multiplicase los cambios.

En Filipinas no hubo necesidad de adoptar esa medida mientras duró su comercio con Nueva-España, porque entonces recibian aquellas islas anualmente un millon ó mas de pesos mejicanos y el situado de 250, y ademas de esto los negocios que se hacian durante esa época sobre frutos naturales é industriales del pais eran casi insignificantes; y si aun en el dia circula en Filipinas la moneda suficiente para entretener el tráfico esterior, esto procede de que las ventajas que este ha sacado del comercio con todas las naciones de Europa, cuya balanza está á su favor, son mayores que las pérdidas de dinero que hace en su comercio con la India y China, y ademas la admision de los pesos de todas las repúblicas de América, habilitados por medio del resello en Filipinas, han estacionado esta moneda en las Islas, cuya medida le es provechosa.

Esta situacion, sin embargo, es precaria y mucho, porque si por algun accidente político de guerra ó de variacion de comercio en las respectivas naciones europeas, ó bien por escasez en las cosechas de Filipinas, llegasen á cesar ó disminuirse las importaciones estranjeras de moneda á Manila, precisada esta plaza á hacer frecuentes remesas de ella á la China y á la India para socorrerse de artículos necesarios á su consumo, vendria con el tiempo á agotar todo su numerario, y arruinar no solo su comercio esterior, sino aun el interior, por las graves dificultades que allí ofrece el establecimiento de un crédito público. Ademas de que tratándose de dar impulso á la agricultura é industria de aquellas Islas, seria necesario para ello muchos millones de pesos en constante circulacion en las provincias, y hacer una rebulsion grande de capitales del comercio al interior de las provincias, y esto no puede practicarse en un pais en que apenas circula la moneda necesaria para mantener el gobierno y jiro esterior, y que ha empezado á fomentarse por el comercio antes de cimentar su agricultura é industria, que parece debia ser lo primero; pues sin la agricultura todo es precario y miserable: por eso ha dicho un escritor en nuestros dias, »que la agricultura es la riqueza de los imperios, y que por poderoso y magnífico que sea un reino, si no se aprovecha de ella, á pesar de todo su fausto y poderío, no tiene mas que una soberbia indijencia."

En todas las provincias de las Islas circula muy poca moneda, y en algunas ni aun la necesaria para que los naturales puedan cubrir las cargas del gobierno; y de ahí ha provenido la necesidad de conmutar el pago del tributo de dinero á especie, juntamente con los informes ventajosos á su propio provecho que los alcaldes darian de palabra ó por escrito para esta novedad. Mucha parte de los indios comercian entre sí por medio de simples permutas, y los mestizos les hacen pagar cara con sus frutos la moneda de que necesitan para vestirse y pagar sus contribuciones. No hay, pues, que esperar ni fomento en la agricultura y artes, ni la grande estension y progreso de que es susceptible el consumo de las rentas estancadas sin la creacion de una moneda colonial estacionaria dentro de las mismas provincias de Filipinas, que las liberte de la suerte precaria del comercio esterior, que proporcione al indio las ventajas justas de su trabajo, que morando con él en su pueblo, le incite á su goce, como medio fácil de socorrer en el momento las necesidades de la vida, y que sea tambien un aliciente para el lujo que hasta cierto punto importa mucho fomentar en los indios, como estímulo poderoso para inclinarlos al trabajo.

Ultimamente, la creacion de esta moneda provisional para Filipinas producirá el grande beneficio de contener la escesiva estraccion que los chinos hacen del peso español, por solo la ventaja de su valor estrínseco; pues esta se aumentará y pondrá al nivel del que tiene en las demas plazas de Asia, y este aumento obligará á los chinos á preferir la estraccion de los frutos naturales de Filipinas en cambio de los efectos que importan ellos en sus champanes. Esta nacion ha llevado hasta el estremo las medidas restrictivas de la estraccion de los pesos españoles de su imperio, marcando cuantos entran en él con tanto número de contraseñas, que desfigurados y desconocidos, no pueden ya volver á ser estraidos para el cambio esterno. Sin embargo, algunos suelen volver, y para habilitarlos á la circulacion se les echa el resello que á los pesos de las repúblicas de América, y asi corren en el mercado de la capital y de las provincias, y son admitidos en las tesorerías del estado.

No hay noticias hasta hoy de que en Filipinas haya minas de plata; pero es un hecho positivo que abunda el oro de tan baja calidad y tan mezclado de plata, que tiene poco mayor valor que aquella, y esta circunstancia favorecida de la introduccion de algunas barras de plata de América conducidas por los estranjeros, la refundicion de las monedas de medio duro por reales y medios de plata fuerte que circula en las Islas, y el aprovechamiento de la mucha plata vieja en muebles que alli hay á precios muy bajos, por haber sido adulterada y trabajada en China, facilitarian al Gobierno los medios de la creacion de la moneda colonial, sin necesidad de gastos ni anticipaciones de caudal alguno, y con solo admitir de los interesados sus respectivas materias en oro ú plata bajo de ensaye, y retornarles su valor en la moneda acuñada, que produzcan deducidos gastos puramente indispensables: tambien podria y deberia el Gobierno admitir en pago de las contribuciones el oro que se saca de los lavaderos, á los mismos precios que lo estraen los chinos, y bajo ensaye de su casa de moneda, donde los profesores intelijentes que al efecto deben ir de España, dictarán todas las providencias necesarias para llevar á efecto una empresa, que sin disputa es la base de todo fomento en las Islas, con conocida ventaja á los consumos de las rentas.

Es, pues, parecer fundado en esta materia la siguiente esposicion de artículos:

1.º Que se cree una moneda provisional para la circulacion interior de las provincias de Filipinas.

2.º Que al efecto se establezca alli una casa de moneda, montada con toda economía por el objeto á que se dirije, y aun pudiera ser conveniente que su plantacion se hiciese por medio de una empresa de particulares por tiempo determinado.

3.º Que la ley de esta moneda sea igual á la de las monedas de igual clase adoptadas en las demas colonias del Asia de las naciones europeas.

4.º Que se subdivida su valor cuanto sea posible, atendidas las necesidades del tráfico interior y objeto de su creacion.

5.º Que se admita en la casa de moneda todo el oro y plata en especie que presenten los particulares para la acuñacion, reintegrándoseles con la moneda de ley que resulte, deducidos los indispensables gastos.

6.º Que se autorice á aquel Gobierno para admitir en pago de contribuciones el oro de las minas y lavaderos de Filipinas, bajo ensaye.

7.º Y por último: que por facultativos se forme un reglamento, en el cual se ponga toda prevision en evitar todo fraude sobre la materia.

Este asunto se ha tratado antes de ahora, y mas de una vez, en Manila, donde existen sugetos que podrian informar con mucha estension sobre el establecimiento de que se trata, y ventajas que produciria al pais y al estado.

X

Cabildo eclesiástico y curas párrocos de las Islas

Aunque esta materia parece ajena de este papel, no es asi, y los lectores se convencerán de esta verdad, sabiendo que desde el arzobispo y tres obispos sufragáneos, hasta el último párroco, tienen todos una asignacion ó sueldo fijo, que cobran, como cualquier otro empleado del Gobierno, de las cajas de la hacienda nacional: por lo tanto si se fuese á tratar de sus facultades, jurisdiccion y atribuciones, seguramente que este no era el lugar mas á propósito para ello; pero cuando nada se va á decir sobre tales puntos, y únicamente se los va á considerar como unos partícipes que son en la distribucion de los caudales públicos, ninguna ocasion mas adecuada para tratar la materia que al concluir la 2.ª parte de esta memoria, relativa toda ella á la hacienda nacional, y solicitar las correspondientes economías, como se han indicado en las demas clases.

El único cabildo eclesiástico que hay en Filipinas se halla en Manila, y consta de cinco dignidades, tres canonjías, dos raciones y dos medias raciones, capellanes de coro, &c.; dotadas con bastante profusion tales prebendas, nada mas justo que reformar sus asignaciones, teniendo presente para ello las que anteriormente disfrutaban en tiempos de la Nao de Acapulco, y sabiendo que emancipadas las Américas, aquellas dotaciones han sido aumentadas con poca razon y justicia. Este aumento de asignacion anual á las prebendas, tengo entendido se verificó á pretesto de la pérdida ó quebranto que sufrieran por la falta del importe de boleta que tenian en la Nao cuando esta concluyó, la cual vendian al comercio, y con ello tenian un sobresueldo; mas la misma pérdida y quebranto sufrieron los rejidores perpétuos del ayuntamiento de Manila, cuyas plazas compraban por gruesas cantidades, y ni se les han satisfecho por el Gobierno sus capitales, ni se les ha indemnizado de otro modo sus pérdidas reales y efectivas: ademas de los rejidores, igual derecho de boleta tenian las viudas y huérfanos de militares y otras personas necesitadas, y tampoco han recibido indemnizacion alguna por tal pérdida, y acaso su único recurso para su subsistencia, cuando las prebendas tenian y les quedaron otros ausilios para mantener con decoro á los que las sirviesen; con que ó aquel aumento por tal razon es injusto, ó si es justo, la misma indemnizacion se debe á los rejidores, viudas, huérfanos y demas clases que percibian el ausilio de boleta.

Los prebendados tienen su dotacion fija, la intencion libre, y ademas una parte de productos de las cantidades que rinden las obras pias que administra el cabildo y la mitra, y cuyos réditos distribuye entre sus individuos, con arreglo á las fundaciones: la intencion libre para aplicar misas por quien se las pague (que nunca falta ni faltará en un pais tan católico como Filipinas), es otro recurso y no de poca importancia, porque la limosna de las misas tampoco es escasa; y por último, la parte que perciben de réditos ó productos de las obras pias, es el tercer recurso ó ausilio que viene á completarles una pingüe renta, que muy bien podria sufrir alguna reforma en beneficio del erario, y reducirles su dotacion á lo que antes era, nivelando con justicia á las clases todas que contaban con la parte de boleta en la Nao; pérdida que todos sufrieron, y que solo se ha indemnizado á la clase que menos lo necesitaba: asi, pues, es de rigurosa justicia que se haga la rebaja correspondiente en la asignacion de esas prebendas, y quede reducida á lo que era antes de la pérdida de la Nao, ó al primitivo señalamiento de renta.

Los párrocos, asi regulares como seculares, la única reforma que necesitan en cuanto á dotacion que perciben del erario, único concepto bajo el cual se los considera aqui, es que se les nivele é iguale, y se dé una regla fija sobre sus estipendios y asignaciones, teniendo en cuenta el lucrativo pie de altar de algunos; pues estando todos esclusivamente dedicados al servicio espiritual á un mismo ministerio, hay una enorme desigualdad en el goce de asignacion: es la razon porque en unas provincias se les pagan en dinero, en otras mitad en dinero y mitad en especie (arroz), y en otras una parte en dinero y dos en especie, ó vice-versa, con mucha variedad en el cuanto de cada cosa; y si esta medida en un principio pudo ser, como de hecho puede asegurarse lo fue, muy benéfica para interesar á los párrocos en que ayudaren y estimularen á los indios á fomentar la agricultura, ya en el dia es perjudicial, porque la parte en especie que deben percibir los párrocos, vale un duplo ó mas de lo que les corresponde, y valia cuando se fijaron esas asignaciones, y esto es perjudicar á los contribuyentes sin favor del estado. Sobre este particular ha habido varias reclamaciones, y aun se ha intentado mas de una vez nivelarlos y fijar una cuota determinada por medio de una regla jeneral para todas las provincias, y aunque en algunas se haya hecho la variacion, no en todas sucedió lo propio, prevaleciendo antiguos vicios ó abusos. Es, pues, de necesidad que la asignacion que el estado paga á los párrocos, sea igual en todas las Islas, y que nada se les pague en especie. Los indios deben ser libres en la venta de sus frutos como y cuando lo tengan por conveniente; cualquiera otra regla, sobre injusta, no puede menos de ser gravosa al erario.

En cuanto al aumento ó disminucion de estipendios, nada puede decirse con datos fijos, ó sin temor de padecer equivocaciones que pueden ser de trascendencia: únicamente advertiré que los párrocos que son destinados á misiones, que es á formar pueblos nuevos, atrayendo y catequizando á los indios infieles que en varios puntos de las Islas existen, están escasamente dotados, y si no fuese por los ausilios de otros relijiosos y sus amigos ó bienhechores, difícilmente podrian subsistir, y con todo eso aun tienen que dedicar muchos dias para preparar y cultivar un pedazo de terreno, formando un poco de siembra de arroz para facilitarse el pan para el año, y dedicarse á la caza de venados, para hacerlos cecina ó salon, que en el pais llaman tapa, y por este medio comen alguna carne, pues son muchas las estrecheces que pasan y no es fácil remediárselas.

Tambien debe decirse que los párrocos de pueblos pequeños padecen muchas privaciones, porque su pie de altar nada les produce, y merecian, asi como los destinados á misiones, alguna consideracion en el señalamiento de sus estipendios, que podia aumentárseles rebajándose alguna cosa á los párrocos de pueblos mayores, ó que pasen de 2000 tributos; en estos, aunque sus gastos son mas considerables, por tener que mantener uno, dos ó mas coadjutores, sin embargo su pie de altar es mas pingüe, no faltan limosnas para misas, y los estipendios suben bastante, de los que puede rebajárseles alguna parte para atender á los párrocos pobres y misioneros. De que concluyo, parece fundada esta reforma, y aun justa, en beneficio de nivelar del mejor modo posible, y sin recargo del erario, la distribucion de la hacienda entre los párrocos; pues dedicados todos á tan alto é importante ministerio, nada mas justo que facilitarles los medios mas análogos á conservar la decencia y decoro de su estado cual corresponde, con la mas justa proporcion que sea posible, pudiendo efectuarse en la forma indicada, y asi continuar hasta que el aumento de poblacion reclame que se varie el método que se establezca.

Tales son los fundamentos que puedo suministrar sobre la administracion y distribucion de la hacienda pública en Filipinas, y me persuado que (aun cuando mal coordinados y no muy completos, porque la cortedad de mis luces no da de sí otra cosa, la estrechez con que me he propuesto redactarlos no admite mayores digresiones, y el habérseme estraviado algunos papeles interesantes, me impiden suministrar mas datos) presentan noticias de alguna importancia para que se pueda formar alguna idea del mérito de aquellas Islas, y el Gobierno tomar algunas medidas sobre la reforma que el estado de las Islas Filipinas demanda para felicidad de ellas, estension y fomento de sus rentas, y establecer justas economías, conteniendo se aumenten los empleados, y procurando reducirlos á los puramente precisos é indispensables, si se han de hacer los ahorros posibles, que si en todos tiempos deben procurarse, en los actuales de escasez y penuria por lo atrasado del estado, es mas recomendable, preciso y necesario todo jénero de economía justa y racional.

De las obras pias de las Islas

Bajo esta denominacion hay un caudal existente, que si bien algunos quieren presentarlo como cosa de poco momento é importancia, no falta quien propale ser una riqueza inmensa; y si bien conviene despreciar á los que solo intentan disminuir ese capital, es tambien prudente oir con prevencion las exajeraciones de los otros y las frases con que las hacen. Esas obras pias son unos pequeños bancos donde acuden á tomar fondos bajo las garantías que se convienen los que para sus negocios necesitan ausilios pecuniarios, se administran por vecinos que deben ser cofrades de las respectivas corporaciones á cuyo cargo se hallan, bajo ciertas reglas, reglamentos ó estatutos que marcan las respectivas obligaciones, y todos no son mas que unos ejecutores de las últimas voluntades de los testadores que les legaron sus fondos para los usos que tuvieron por conveniente señalar.

Las obras pias de Manila ó fundaciones de testadores particulares, forman un conjunto de capitales de bastante consideracion. Destinados sus fondos para el jiro, se gravaron sus productos con pensiones y cargas para objetos del culto divino y beneficencia pública: merecen por lo tanto toda la consideracion del Gobierno, por las ventajas que de ellas puede reportar la agricultura é industria de las Islas. Si el jiro limitado y privilejiado de Manila con Nueva-España no hubiera estado reducido á un comercio meramente pasivo de tránsito ó de transporte, esos establecimientos al paso que se han hecho ricos, ellos mismos hubieran dado á aquel comercio una opulencia verdadera. De la enorme utilidad de 200 á 500, y aun mas, por 100 que dejaban en Acapulco los negocios de la Nao, la mayor parte era para los negociantes estranjeros de la India y China, cuyos efectos surtian casi en su totalidad el cargamento de las Naos: otra gran parte era para obras pias, pues hubo años que se pagó el 50 por 100 de las cantidades que adelantaban; de forma que á favor de los comerciantes de Manila quedaba un beneficio tan reducido, cual demostraria un cálculo que se hiciese de los muchos millones de pesos que se han importado en Filipinas de Nueva-

España por las Naos, y del poco valor respectivo que en moneda y fomento ha quedado á los comerciantes de Manila.

En la época del establecimiento de esas fundaciones no se conocia otro comercio que el de Acapulco, India y China, que aunque dividido en tres jiros, era una sola negociacion, porque la mayor parte de los acopios hechos con dinero de obras pias en estos dos últimos mercados, daban su resultado en Nueva-España; por manera que habiendo cesado totalmente el comercio con Nueva-España, han cesado al mismo tiempo los jiros de la India y China, y quedado estos reducidos á solo objetos del consumo del pais. Este comercio sin embargo, aunque no bajo el pie lucrativo que antes, podrá resucitarse cuando los negocios de España se arreglen con las repúblicas de América, sea reconociéndose solemnemente su independencia, ó sea abriendo tratados de comercio, mas nunca volverá á ser lo que fue.

Los fundadores de esas obras pias no preveyeron que podia llegar un dia en que cesase la comunicacion y comercio de Filipinas con Nueva-España, y dieron sus reglas de administracion limitadas á aquellas tres clases de jiros, cuya cesacion repentina ha dejado ociosos esos fondos y espuestos á mil continjencias. Algunas de esas fundaciones solo pueden disponer de una pequeña parte de ellos para premios terrestres, á otras (y es lo mas jeneral) no les está esto permitido por sus estatutos ó disposiciones de los fundadores, y en este estado de cosas es de necesidad que el Gobierno interponga su autoridad, asi para que los objetos de las fundaciones tengan debido cumplimiento en el modo mas posible, como para que se obtengan ó se dé una conmutacion de jiros, y se empleen esos fondos en beneficio y fomento de la agricultura, industria y fábricas del pais, que ya hubieran recibido de ellos un incremento incalculable si las grandes ventajas y utilidades del comercio de Acapulco, no hubiera llamado tanto la atencion de los fundadores hácia ese destino.

Debe ser tambien una máxima política del Gobierno protejer esos establecimientos de la capital, cuyos caudales en el caso de una guerra súbita ó de una revolucion estraordinaria en el interior de las Islas, pueden sacarle de un apuro en el estremo de no poder contar ni con las contribuciones del pais, ni con los ingresos de la aduana y rentas.

CONCLUSION

De todo lo relacionado, aunque muy lijeramente, cualquiera conocerá la importancia de las provincias de Filipinas, su estension, riqueza y elementos que en si encierra aquel pais para engrandecerse sobremanera: verá igualmente que el sistema judicial está montado bajo un pie el mas anómalo, complicado y aun perjudicial; que nada es mas fácil que reducirlo al órden natural que debe tener; y que en hacienda no hay las debidas economías, ya por los sueldos innecesarios que se pagan, como por el crecido y aun exorbitante número de empleados sobrantes que existen, aumento que tienen, y que si no se pone pronto y eficaz remedio á este daño, quedará aquel pais reducido á un estado de empleados y nada mas; clase que en toda nacion debe disminuirse cuanto sea posible, para que abundando en brazos las otras laboriosas y productivas, la agricultura, la industria y el comercio, tengan el mayor impulso y fomento, y de aqui el desarrollo completo de la riqueza y prosperidad pública, con las demas conocidas felicidades de un estado floreciente.

Filipinas con su hermoso y tan feraz suelo, cual ningun otro, y con tres y medio millones de habitantes, reune los elementos todos que pueden juzgarse necesarios para que sea un pais de felicidad y riqueza. Mas de trecientos años han pasado ya desde que el inmortal Legaspi fijó en aquellas apartadas rejiones el estandarte de la cruz, y se conquistaron para España aquellas Islas. Tiempo y sobrado es ya de que se piense en su felicidad, de que se remuevan los obstáculos que á ella se oponen, y con pruebas nada dudosas ni equívocas se patentice y haga ver á aquellos habitantes, nuestros hermanos, que deseamos su prosperidad tanto como la nuestra; ó mejor dicho, que reputamos su bien estar como nuestro, y que á su acrisolada lealtad, no desmentida hasta hoy, corresponde la madre patria ocupándose en mejorar su suerte y condicion; como indefectiblemente sucederá por la ley especial que se les dará, sin perjuicio de que sus justas reclamaciones sean oidas y atendidas, para cerciorarles de que la madre patria anhela y trabaja tanto cuanto puede encarecer, para asegurar la felicidad de sus provincias en Filipinas.

Finalmente, despues de tanto cuanto se ha espuesto sobre vicios y defectos en la administracion, asi de justicia como de la hacienda en aquellas posesiones, y remedios que desde luego podian emplearse para cortar abusos, remediar males, y dar impulso á la prosperidad de las Islas, resta aun añadir, que si se quiere y desea la felicidad de aquellas provincias; si de buena fe se apetece su paz, tranquilidad y público sosiego, teniendo en cuenta que aun ha de pasar algun tiempo hasta que las Córtes puedan ocuparse de los trabajos que presente el Gobierno para formular las leyes especiales para Ultramar, muy útil, muy conveniente y provechoso seria para perfeccionar aquellos trabajos, pedir á nuestras provincias ultramarinas bases sobre qué fundar las nuevas disposiciones que tienen que formularse, discutirse y sancionarse. Personas notables por su capacidad, luces y talentos, no menos que por sus riquezas, tienen Filipinas y las preciosas Antillas; pues bien, fórmese en cada una de estas posesiones una reunion de personas escojidas por sus talentos, honrosos antecedentes, y de garantias por sus capitales, y bajo la presidencia de los capitanes jenerales gobernadores, mándeseles que se dediquen y ocupen en formular y discutir los fundamentos principales, los principios ó bases de las reformas mas adecuadas para garantir su seguridad, su propiedad, y establecer las mejoras que las luces del siglo reclaman, y han de conducir á aquellas provincias al mas saludable y cumplido desarrollo de su prosperidad.

Estos trabajos facilísimos de ejecutar por este método, ademas de adelantar y mucho los que el Gobierno por si debe hacer, facilitarian sobremanera el pronto arreglo de aquellas leyes. El comercio hablaria en su ramo segun sus necesidades; los majistrados en el suyo manifestarian los vicios y defectos de que adolece, y remedios que podrian emplearse para la mas pronta y recta administracion de justicia; las autoridades de hacienda harian otro tanto, y los reverendos arzobispos y obispos por el clero dirian sobre la necesidad del pacto espiritual y medios que convendria adoptar para su estabilidad, mejor distribucion y propagacion de nuestra fe, pues en Filipinas hay aun mucho que conquistar en esta parte; los ayuntamientos propondrian sobre sus atribuciones lo mas conveniente, sin olvidar que sobre pesos y medidas es urjentísimo dar una ley que regule tan interesante materia; pues en Filipinas, en unas cosas rijen pesos y medidas de España, en otras las de China, y en otras las particulares adoptadas por el pais, como sucede en la medicion de tierras; y últimamente, por los públicos intereses en los importantes ramos de la agricultura é industria, los propietarios que los representasen, pedirian disposiciones análogas á su estabilidad y fomento. Cada uno en su línea presentaría razones y datos estimables en informes de importancia y consideracion, y con muy poco ó ningun trabajo se encontraria el Gobierno con un cúmulo de noticias las mas seguras para no errar ni aventurar nada en tan interesante materia, y las provincias de Ultramar en esta solicitud del Gobierno, veria la mejor disposicion y deseos de labrar su felicidad por unos medios tan sencillos como los mas análogos para el acierto; pues de esa reunion ó consejo de personas escojidas para el caso, era imposible que viniesen otras proposiciones que las únicas y solas en su clase para perfeccionar la obra de su rejeneracion política, cual se necesita en el estado de ilustracion que tienen ya aquellos paises.

He concluido mi tarea, y solo me resta suplicar á los lectores, y especialmente á mis amigos de Filipinas, reciban con la benignidad que de su ilustracion espero, esta muestra de mis desvelos por la mejor felicidad de nuestros hermanos de Ultramar, como me lo prometo de su acreditada induljencia. Valencia 30 de Diciembre de 1841.

L. P. A.

CORREOS

Numero 1.º

Observaciones que se citan

Que la medida adoptada por el Gobierno, estableciendo una oficina de correos en Manila, variando en todo la forma que tenia, sin atencion á que ese proyecto no es nuevo, á que se han tocado los perjuicios reales y verdaderos que irrogará al tesoro y al vecindario, y en una palabra, que no es conducente, ni en sentido alguno ventajosa esa oficina como se mandó establecer. Todo se demostrará del modo mas sencillo y claro; y si las razones que se espresarán fuesen tales que fijando el verdadero punto de vista que debe tener la cuestion, aclarasen de un modo concluyente la desventaja del nuevo establecimiento de esa oficina, y conveniencia de que esa renta siga como hasta aqui y con solo la reforma mas precisa ó necesaria, y en su virtud asi se acordase, los ocurrentes se atreven á asegurar la gratitud de aquellos habitantes por tal disposicion, asi como el que sus trabajos en el caso quedarian con solo esto satisfechos.

Mas antes de entrar á la esplanacion de los puntos indicados, es oportuno y conveniente preceda una sucinta relacion del estado de la renta de correos en Filipinas desde su creacion, y qué clase de gastos anuales ha orijinado, para venir de aqui á deducir, que bajo el aspecto y forma que siempre ha tenido, ha dado al erario ingresos seguros, mayores ó menores, segun la mayor ó menor concurrencia de buques nacionales (únicos conductores de correspondencia). En vista de esta relacion, y cotejando el método antiguo con el mandado establecer en 5 de Diciembre de 1837, se verá desde luego y á primera vista la ventaja de aquel sobre éste.

La renta de correos se estableció en Filipinas en 1762, pero circunscrita y limitada á solo correo ultramarino en buques nacionales. El capitan jeneral fue desde luego el juez nato de esta renta, como superintendente jeneral subdelegado, y la única administracion se encargaba á un vecino de honradez y confianza, con solo la asignacion de un 25 por 100 sobre todo lo que recaudase.

Este nombramiento se aprobaba por la oficina jeneral de Méjico, de donde dependia en todo. Por este sencillo método se ve, que si la renta en un año ó en mas nada producia, tampoco irrogaba gasto alguno, y por cada cien pesos de produccion, ingresaba el erario setenta y cinco.

Durante la dominacion de las Américas, el administrador de Filipinas rendia sus cuentas á la jeneral de Méjico, de quien recibia órdenes é instrucciones, asi como las superiores que emanaban de la Península. Emancipadas las Américas, la administracion de correos de Manila empezó á entenderse directamente con la direccion jeneral de Madrid, y poco despues de esta época, se aumentó al administrador en Filipinas un abono de trecientos pesos por razon de casa y cien pesos para un escribiente, únicos gastos de la renta; y que si se querian garantir mas sus ingresos, con solo añadir un interventor al tanto por ciento igualmente, estaba hecho cuanto se podia apetecer para mayor seguridad de sus fondos.

Los portes de las cartas, ó sea la tarifa de sus precios, tambien han sufrido variaciones en distintas épocas, y siempre en aumento progresivo en favor de la renta; pues que á fines del pasado siglo las tarifas marcaban un peso por onza, y dos reales plata fuerte por cada carta sencilla ó que no llegase á media onza; y en el dia la tarifa marca de porte doce reales plata fuerte por cada onza, y cuatro reales idem idem por carta sencilla; más en esto no hay por qué detenerse; los portes se pagan como está mandado últimamente, y de ello no hay reclamacion alguna. Resulta de lo dicho que la renta por todos sus gastos anuales solo pagaba un 25 por 100 de administracion, trecientos pesos por razon de casa, y cien pesos para un escribiente: estos datos deben no perderse de vista.

Gobernando las Islas el Excmo. Sr. D. Pascual Eurile, se establecieron por tierra las comunicaciones de toda la isla de Luzon en 1833, dirijiendo la primera línea á las provincias del Sur, por medio de un correo semanal, que saliendo de Manila los miércoles al medio dia, llegaba al punto de su destino los domingos por la mañana, pasando por las provincias de la Laguna, Batangas, Tayabas, Camarines y Albay, hasta Naga, capital ó cabecera (como alli se dice) de la provincia de Camarines Sur. De este punto salia otro correo el jueves, y reuniendo en el camino la correspondencia de las mismas provincias, llegaba á Manila los jueves por la mañana.

Que en establecer esta comunicacion se prestó un servicio de la mayor importancia, nadie lo duda; pero es tambien cierto que la correspondencia de estas cinco provincias era y será siempre tan de poco bulto y valor, que no merece indicarse.

Establecida y ordenada esta línea de comunicacion, despues de cuantos obstáculos á ello se opusieron, se formó otra para el Norte, que pasa por las provincias de Bulacan, Pampanga, Pangasinan, Ilocos Sur, Ilocos Norte y Cagayan; con lo cual quedó establecida la comunicacion semanal con toda la isla de Luzon: mas á las cartas de este correo ningun gravámen se impuso, porque muy bien sabia el gobierno de Manila que de este correo interior ningun lucro se podia sacar, como que toda la correspondencia que conduce está reducida á una docena de cartas del comercio, y los partes de los alcaldes y otros empleados á sus jefes, y nada mas. Por lo tanto se ve, que por atencion al correo de tierra no es de necesidad esa nueva oficina, porque los ingresos no pueden compensar los gastos que su establecimiento demanda.

Presupuestos estos antecedentes, que son la historia fiel del principio y progreso de la renta de correos en Manila, se ve por ellos que por atencion al nuevo correo del interior, no es de necesidad, segun se ha dicho, la nueva oficina, y que respecto al correo marítimo, tampoco era de absoluta necesidad la reforma que se decretó, porque solo aprovecha para gravar al tesoro, y privarle de los ingresos que sin los nuevos gastos tendria; porque si se creó un administrador con 3 rs., un interventor con 20, y qué sé yo que otras asignaciones por razon de casa y gastos de oficinas, es justo que esa administracion jeneral no esté sin el competente número de subalternos y cajas de provincia, con administradores, interventores, mozos celadores, conductores de balijas, &c.; pero ¿adonde vamos con tal modo de crear gastos y nada mas? ¿es posible que sobre una renta que no puede producir para mantener la oficina principal, se haya querido crear tanta asignacion y sueldos fijos, cuando sus productos son escasos y eventuales? y no habiendo, no se dice certeza, pero ni aun probabilidad de que sus ingresos suban, porque no hay elementos para ello: ¿no será real y efectivo el perjuicio del erario público? y ¿no será prudente, necesario y justo el evitarlo? asi parecia regular; pero es lo cierto, que aunque sobre escasos y eventuales rendimientos se mandó establecer la nueva oficina, con asignaciones fijas y poco económicas, cosa que no dice mucha armonía con la buena y económica administracion de los caudales públicos, porque si se ha querido reformar la oficina de correos de Filipinas, los medios para ello empleados no han sido los mejores; pues por tales solo deben reconocerse aquellos que fijen su administracion y gastos con arreglo á los rendimientos, y precaver con oportunidad cualquier perjuicio que por obrar de otra suerte pudiera seguirse y menoscabar los intereses nacionales. No se hizo asi por desgracia al fundarse la nueva oficina, y el tiempo justificará, si ya á esta fecha no lo ha acreditado, que se padeció un error gravísimo y perjudicial á los intereses nacionales, como puede inferirse de lo relacionado.

Pasando ahora á evidenciar que no es menos perjudicial al comercio y vecindario de Filipinas, se traen por reflexiones los siguientes razonamientos.

Parece, segun llegamos á entender, que en teoría, y para arrancar la aprobacion de esa nueva oficina, se han figurado grandes ingresos nuevos que se darán á la renta, contando para ello como principal arbitrio, el que toda correspondencia, de cualquier clase que llegue á Filipinas, se conduzca al correo y devengue portes, proceda de donde quiera, contando con que los buques estranjeros entregarán las cartas luego, luego; y en esto principalmente es donde se halla el perjuicio de aquel comercio y vecindario, como se va á demostrar.

La solicitud de los administradores de correos en Filipinas para que las cartas todas venidas del estranjero y en barcos del mismo se lleven á su oficina y devenguen portes como las otras conducidas por buques españoles, no es nueva, y aun administrador hubo que solicitára porte doble; mas esto no es del caso: es lo cierto que desde que el correo en Filipinas empezó á regularizarse, los administradores todos hicieron á su ingreso la pretension antedicha, habiéndose puesto mas de una vez en ejecucion, y siempre se ha revocado: ¿por que ha sucedido asi? no alcanzamos otra razon que traer en respuesta, sino que el perjuicio para el comercio era efectivo, pues de no ser asi, la medida hubiera sido adoptada y hubiera continuado cuando llegó á establecerse; ha sucedido lo contrario, luego la consecuencia es lejítima, que era perjudicial y onerosa al comercio. Sobre ello hay mas de un espediente: que se traigan á la vista y se examinen, y se verán las justas razones espuestas por el comercio de Manila para resistir tal determinacion; resistencia que siempre fue acojida y aprobada por el Gobierno. Entre ellos se hallará que en Agosto de 1797 se espidió un decreto en Manila previniendo *no se hiciese novedad alguna en el particular;* y posteriormente en distintas épocas se repitió lo propio; pero mas principalmente en 1819 se acordó por aquel gobierno, despues de oidos los señores fiscal y asesor, y el voto consultivo de la junta superior de hacienda, *cesase desde luego la innovacion que se habia hecho de conducir al correo la correspondencia que de paises estranjeros y en buques de la misma clase y nacionales llegaba á las Islas, observándose la práctica hasta alli seguida, como se previno en el superior decreto de 16 de Agosto de 1797: todo conforme lo solicitado por varios vecinos de Manila y vocales del consulado.*

Esta esposicion, la vista recaida en ella del fiscal de S. M., dictámen del asesor, voto consultivo de la junta superior de hacienda, y decreto proveido en su conformidad, todo ello justifica que sobre no ser de grande utilidad al erario este arbitrio, es en estremo perjudicial á aquel comercio.

Tambien merece traerse á este lugar el informe del consulado de Manila de 5 de Febrero de 1833, en el cual se indican »las graves dificultades que traia y presentaba la novedad dicha, y de que nacerian nuevos perjuicios reales al comercio por el gravámen que se le impone, y poco menos que seguro el estravío de sus contestaciones á la correspondencia que recibiesen.«

Ultimamente, en este particular debe ocupar un lugar muy preferente la consulta del gobierno de Manila de 17 de Julio de 1834 y las razones que la apoyan; pues ademas del perjuicio visible que se irrogaria al comercio, se añade *que gravándose el comercio estranjero, este podria hacer otro tanto con el nuestro, como ya ha sucedido,* en caso que refiere la misma consulta. Ahora bien: si estas reflexiones, aunque lijeras, tomadas de documentos intachables, y que no podrán redargüirse de sospechosos, como son los citados, dirijidos á España sobre lo resuelto en Filipinas por aquellas autoridades en los espedientes de la referencia, prueban los perjuicios reales de aquel comercio, y los inconvenientes que se pulsan para darle ese ingreso á la renta, único con que puede contarse para su fomento, ¿á que deberemos atenernos, para no aventurar nada, para no errar y esponer los intereses de la renta? ¿que datos podrán ser los mas luminosos, ciertos y seguros para reformar, aunque en pequeño, el establecimiento, y si es posible darle mayor estension y fomentar sus ingresos, ó al menos conservarle los que tiene? y ¿que razones podrán ser de mas peso al caso, las que desde Manila se han fundado con conocimiento de lo que es el pais y práctica acreditada por una constante esperiencia, ó los que en teoría se hayan podido concebir y proponer en Madrid? Cualquiera imparcialmente juzgando estará por las primeras, porque la esperiencia en todos tiempos y edades se ha dicho y se dice, es la maestra, la norma y mejor regla, casi infalible, de hacer las reformas con mucha probabilidad, por no decir certeza, del asegurar felices resultados y el acierto en todo; al paso que las teorías siempre han causado daños, y algunos de imposible resarcimiento. Si se hubiese tenido presente lo dicho y documentos citados, acaso la reforma se hubiera hecho en otro sentido, y como exijian las necesidades de la renta, sin gravarla de una manera tan fuerte como se hizo.

Por conclusion no debe omitirse traer á este lugar otra reflexion de no menor peso para el fin que motivan estas observaciones. Tal es la de que si se mira el establecimiento de la nueva oficina como un nuevo gravámen, impuesto ó contribucion, parece nada conforme á la ley fundamental, por haberse verificado sin conocimiento y disposicion de las Córtes; únicas que pueden acordar impuestos, suprimir los establecidos, y crear otros de nuevo, segun las necesidades del estado, pues cuando ese se hizo ya rejia la Constitucion vijente.

En Filipinas nunca ha estado reglamentada la comunicacion interior del pais, y menos la correspondencia con el estranjero en buques suyos: el comercio, los vecinos todos de Manila buscaban por sí los medios de establecer y conservar sus comunicaciones, asi en el interior como en el estranjero, y aunque interrumpidas, y á veces muy atrasadas; se las facilitaban como mejor podian. Se estableció despues, como ya se ha dicho, por aquel gobierno una constante comunicacion semanal en todo el continente de la isla de Luzon;

pero sin gravar por ello á nadie, y sin atencion por ello á sacar lucro alguno, porque el gobierno conoció lo despreciable é insignificante que podia ser, y asi se estableció el correo interior semanal en ambas líneas de un modo desinteresado, cooperando á ello las clases todas de autoridad, desde el capitan jeneral hasta el último gobernadorcillo, sin olvidar los alcaldes mayores, sobre quienes pesó el principal cuidado y responsabilidad, como que eran los encargados de ejercer las funciones de los administradores de caja, recojiendo y dando direccion, y distribuyendo la correspondencia. Todos, pues, cooperaron con celo y desinteres al logro de establecer esa comunicacion semanal, tan útil y ventajosa por tantos títulos para el gobierno y para el comercio. Ahora bien, si esa comunicacion establecida de un modo tan jeneroso, se la grava ahora con el porte que se señale á cada carta en tarifa que se establezca, cuando todo lo que puede producir es tan insignificante, ¿no es consiguiente que tal medida pueda causar disgustos? ¿no es fácil que se forme la idea y crean algunos que esto es establecer una contribucion, cuyo solo nombre podria ser suficiente á producir inquietudes que espongan el sosiego público? por lo tanto, ese mezquino interes debe posponerse al deseo de que se conserve la tranquilidad pública tan inalterable como siempre lo ha estado, y por ello conviene concluir no es llegado el caso de la reforma tal cual se acordó y mandó, por contraria y onerosa á los intereses nacionales, y perjudicial al comercio y demas habitantes de aquellas Islas.

Otrosí: deben manifestar los que dicen, que no teniendo un conocimiento exacto de las bases sobre que se partió para esa reforma, y datos que pudieron apoyar el establecimiento de esa nueva oficina cual se mandó, por no haber visto el espediente de su referencia, no debe juzgarse de maliciosa interpretacion ni reticencia cualquiera inexactitud que se notare en las observaciones hechas, á que les movió únicamente el deseo de contribuir á la mejor resolucion y acierto en la mas económica administracion de los intereses de una renta de tan poco producto y rendimiento, y procurar al comercio y vecindario de Filipinas el alivio de esa carga ó gravámen que se le imponia, segun que de todo llegaron á enterarse por lo que sobre esta cuestion vieron en los periódicos á su llegada á Madrid, y cuyos artículos, como conducentes á ilustrar estas reflexiones, se copian á continuacion.

Del Eco del Comercio del martes 26 de Diciembre de 1837 trasladamos las siguientes observaciones.

Un suscriptor nos ruega que demos lugar á las siguientes líneas.

Se dice, aunque con sijilo, que para el réjimen y administracion de la miserable renta de correos de Filipinas se ha creado una grande oficina, y formado un pomposo reglamento ostentando ventajas que el tiempo y los sucesos las denunciarán imajinarias; y que sin observarse lo prevenido en la reciente Real órden espedida por el ministerio de la Gobernacion que manda publicar las vacantes, se han nombrado dos favoritos, uno con 35 rs. de sueldo anual y 6 para casa, y otro con 20.

No hay motivo para escondites, y si deben manifestarse los antecedentes que desde mediados del siglo último han rejido el ramo, sin perjuicio, señores editores, de que vds. se sirvan ilustrar el punto; porque debiendo presidir la mas severa economía en la administracion de las rentas del estado, repugna la asignacion y consecuencias de sueldos fijos sobre escasos productos eventuales, y choca con el sistema de aquella administracion, que aun cuando erijida en tiempos mas felices siempre marchó bajo el carácter de eventual que la constituia, y nunca sus administradores gozaron, ni debieron gozar, otro sueldo que el tanto por ciento del rendimiento. Si ciertas son las ventajas que han de conseguir los favoritos nombrados, como efecto de los prometidos resultados de las comunicaciones que han de abrirse, ¿por que no llevan el mismo concepto en que está el administrador á quien van á despojar, sin embargo de sus méritos y de los adelantos que ha tenido la renta?

Apenas se dieron reglas para la administracion de correos de Manila hácia el año de 1762 bajo la dependencia de la principal de Méjico, principiaron á tocarse las graves dificultades que ofrecia su establecimiento en 1767. En el dia está ceñida dicha administracion á distribuir alguna vez en el año las cartas que se reciben de la Península, y anteriormente de Nueva-España en las Naos de Acapulco y de la real compañía de Filipinas que iban de América, ó por el cabo de Buena-Esperanza.

A fines del siglo pasado, ó sea desde 1792 á 1797, los productos de la citada administracion apenas llegarían á 7671 p. f. En el quinquenio de 1827 á 1831, ambos inclusive, subirian los rendimientos á 15,219 p. f. 6 rs., los gastos á 5732 p. f. 11 cuartos, y el líquido producto á 9487 p. f. 5 rs. 1 cuarto, los cuales por término comun ofrecerian 1897 p. f. 4 rs. 2⅗ cuartos, que comparados con los 2750 p. f. de sueldo fijo de los empleados nuevos, presentarian la diferencia anual de 852 p. f. 3 rs. 9⅖ cuartos; y aunque se quiera tomar en consideracion el supuesto de unos 760 p. f. que anualmente habrian correspondido al actual administrador, jirando el 25 por 100 que parece le está asignado sobre el total rendimiento, siempre resultaria á la renta nacional de correos el déficit ó perjuicio anual de 92 p. f. 3 rs. 9 cuartos en vez de 4 las ventajas que ha logrado bajo el réjimen antiguo, pues si hay fe en las noticias se habrian dirijido á la direccion del ramo hasta remesas de 12 duros por el actual administrador.

Los administradores trataron de exijir desde 1767 portes de las cartas que las embarcaciones españolas y de otras naciones conducian de los paises estranjeros. Los vecinos de Manila y el consulado se quejaron al superior gobierno de que no estando al alcance de la administracion dirijir la correspondencia á los paises estranjeros, tampoco debia cargar portes por el hecho de hacerlas llevar al oficio del correo causando atrasos y perjuicios; porque no pudiendo encaminar las respuestas á los paises estranjeros, ni obligar á los capitanes de buques estraños que llevasen cartas á los puertos de España, India y China, ó al punto que fuesen destinados, era notorio el gravámen y la ilegalidad de aquella medida. El superior gobierno en vista de lo espuesto por el asesor y fiscal de S. M. y del voto consultivo de la junta de real hacienda, últimamente mandó en 24 de Abril de 1819 que cesase desde luego la novedad intentada, sin hacer mérito de la devolucion de los portes, por no ser estensiva á ello la solicitud de aquellos fieles habitantes, dignos de toda consideracion y aprecio.

Acaso por no haberse tenido presentes los antecedentes enunciados ni otras consideraciones de política, se comunicó una Real órden en 18 de Marzo de 1832 acerca del asunto, y el superior gobierno de las Islas contestó en 17 de Julio 1834: »Está siguiendo los trámites de la ley, y se cumplirá exactamente lo que manda S. M.; no obstante es un asunto que pide detencion, porqué gravándose el comercio estranjero podrá hacer otro tanto, como acaba de suceder en la ciudad de Macao en el imperio de China con los efectos de Filipinas que van en buques españoles, que pagando antes el 6 por 100, pagarán el 14 por 100, fundándose en que hemos hecho una tarifa jeneral para todas las naciones, y por ella se grava á los portugueses 2 por 100 sobre lo que pagaban.

»En cuanto al correo interior de la isla de Luzon nunca será grande la renta, porque los pueblos son todos de indios; estos nada escriben, los mestizos algo, y queda reducida la correspondencia al párroco, á alguno que otro español que momentáneamente esté en las provincias y á la de oficio."

Del Eco del Comercio del viernes 29 de Diciembre de 1837 se copia el siguiente artículo.

Señores redactores del Eco del Comercio. Madrid 27 de Diciembre de 1837.

Muy señores mios: persuadido de que la direccion jeneral de correos despreciará como se merece el comunicado que en su apreciable periódico del martes 26 del actual he leido, y da á luz su autor bajo el nombre embozado, ó sea A.... de un suscriptor, sin que se atreva á estampar el suyo propio, temeroso sin duda de que se descubra el interes particular que le mueve, y no el jeneral que afecta tener por el bien del estado; como empleado que soy del ramo, y á condicion de estampar mi nombre y apellido si aquel se descubre, voy á ocuparme á contestar al incógnito, no para su satisfaccion, y sí para la del público, á fin de que no forme un juicio equivocado sobre la nueva organizacion que se ha dado á la administracion principal de correos de Filipinas. Siendo falsas las premisas que sienta el articulista, sus consecuencias no pueden ser ciertas: empieza por asegurar misteriosamente que aunque con sijilo se dice haberse creado una grande oficina y formado un pomposo reglamento para aquella administracion, frases á la verdad que habrán escitado la curiosidad publíca, que es la que me propongo satisfacer con datos positivos: el sijilo que dice se ha observado en la marcha que la direccion dió al negocio, es un gratuito supuesto, porque lo ha manejado por los trámites de la ley y publicidad con que siempre acostumbra, y sin separarse de las atribuciones, que aunque coartadas hasta cierto punto por Real órden de 22 de Setiembre de este año, se le devolvieron con el lleno que antes las ejercia en otra de 6 de Noviembre por la cual S. M., convencida de la imposibilidad de la aplicacion de la primera tocante al ramo de correos, la derogó en todas sus partes.

Facultada asi la direccion, y penetrada de la necesidad de establecer la administracion de correos de Filipinas de un modo mas conforme al servicio público é intereses de la renta, que el del sistema que actualmente las rije; en 12 de Octubre próximo pasado representó á S. M. lo que la pareció convenir, supuesto que la dependencia que desde su creacion tuvo aquella administracion de la jeneral de la de Méjico habia desaparecido, que no podia continuar en la forma que antes, desempeñada por un administrador, y mucho menos siendo éste, como en el dia lo era, un empleado de la capitanía jeneral de las Islas; y lo hizo con tanto mas motivo, cuanto que las causas que de urjentes confirmaban las medidas propuestas por la direccion para la reforma, ó sea nueva organizacion, se hallaban justamente consignadas en el espediente que orijinal acompañó á S. M. promovido en Manila á consecuencia de la Real órden de 18 de Marzo de 1832 sobre pago de porte de la correspondencia estranjera; espedida despues de oir á los enviados de nuestro gobierno en Francia é Inglaterra, segun en ella aparece, y que no se observó alli, porque el tribunal del consulado al evacuar el informe pedido por el capitan jeneral, manifestó que para cumplirla sea preciso que la administracion de correos se constituyese de diferente manera que lo estaba, que regularizara su despacho, que sus operaciones se interviniesen, que el local de la oficina fuese mas análogo al objeto; y por último, que no estuviese servida por un empleado del gobierno: razones seguramente á cual mas poderosas para tomarlas en consideracion y proveer sin escepcion alguna al remedio de los males que en ella se denuncian, pues aunque la direccion hubiese querido conservar al actual administrador, por quien al parecer se interesa el suscriptor de vds., la remocion de aquel era precisamente lo que mas pronto debia determinar, porque á todas luces son demostrables los perjuicios que al servicio público pudiera ocasionar el que continuara siendo depositario de la confianza del secreto inviolable que encierra la correspondencia, un empleado que no dependiera inmediatamente de los jefes del ramo; ademas de que no debia tampoco serlo teniendo á la vista las órdenes vijentes sobre no gozar una persona dos empleos del estado. S. M. para resolver con acierto la consulta de la direccion, por Real órden de 17 del mismo Octubre la sometió al exámen de la junta de reformas del ramo compuesta de sus individuos mas notables por su posicion é ilustracion; y previa una detenida discusion, adoptó por muy conveniente la propuesta, consultándolo de nuevo á S. M., y el 5 del presente recayó la soberana aprobacion, no de un reglamento pomposo, pues que este ha de formarse con presencia de otros datos que se están reuniendo; no de una grande oficina, pues que ha de constar de administrador, interventor y mozo de oficio celador, personal el mas reducido para cualquiera administracion subalterna del reino; y no el nombramiento de administrador é interventor se hizo en dos favoritos, sino que la del primero recayó en un sugeto, que ademas de haber ya estado en Manila, ha sido con jeneral aceptacion jefe de una de las administraciones principales del reino y oficial de la direccion, apreciado por esta por su celo, probidad y conocimientos; y la de interventor en otro que ha sido vice-director del observatorio astronómico, de notoria ilustracion, hijo del director jeneral de loterías, cuyos servicios y padecimientos son tan sabidos; y ambos por fin patriotas sin tacha alguna.

Nada quiero hablar acerca de la historia que presenta el suscriptor de vds. de la administracion de Manila, nada del aumento que han tenido sus productos en los últimos años, como consecuencia forzosa de lo que se han multiplicado sus relaciones mercantiles con la Metrópoli, en cuya proporcion estarán siempre: nada de las remesas de fondos que ha hecho el administrador ni otras que á manejarse con mas prevision pudo y dejó de hacer á su tiempo; y nada tampoco de los estados y resultados comparativos que presenta, aunque de estos no puedo menos de dar á conocer el formado por la direccion al tratar del arreglo, y que comprende los años de 1832 á 1836 inclusive, del modo siguiente:

Rs.   vn.

Producto medio anual 118,733

Gastos.

Sueldo del administrador el 25 por 100 29,683 8

Idem de un escribiente   1,440

Alquiler de casa   6,000

Gastos de oficio   575   2

                                                    4

                                            37,698 32

Líquido producto para correos   81,034 2

Dejo, pues, demostrado suficientemente la notable diferencia entre los estados del suscriptor, y el que precede fundado en datos auténticos; que la direccion de correos se ha conducido en este importante asunto con el celo y acierto que la distingue; que procura la mejor de las comunicaciones de las ricas Islas Filipinas, teniendo presentes las memorias y diferentes trabajos que las han motivado, y que en la eleccion de los empleados no ha mediado el favor con que se quiere obscurecer su mérito; no restándome que añadir sino el rogar á usted, señor editor, se sirva insertar esta manifestacion en su ya citado apreciable periódico; favor á que le seré reconocido.

Del periódico El Patriota del jueves 18 de Enero de 1838 se copia el siguiente artículo.

Sres. editores del Patriota: A los del Eco del Comercio dirijo el artículo siguiente. Con singular satisfaccion he leido en el apreciable periódico de ustedes de 29 del anterior, el injenioso modo con que el empleado de correos ha procurado, aunque en vano, salir por la puerta real de correos, burlando la prevision con que las reflexiones que censuran trataron de cerrar los portillos por donde se podria salir acerca del nombramiento de nuevos empleados con sueldos fijos sobre los miserables proventos de la administracion de correos de Filipinas.

Ningun interes ofreceria al bien público que el autor de las reflexiones censuradas embozado fuese como se supone A..., ó que sin embozar sea como realmente es M. M.; y lo mismo sucederia con que el censurador no fuese oficial de correos, ó sea el propio interesado, lo que importa es dilucidar la cuestion para que pueda juzgarse si hubo razon para sentar que el tiempo y los sucesos denunciarian imajinarias las ventajas con que se trata de fascinar, ó por el contrario, si la nueva administracion será mas económica, menos gravosa y mas productiva que la antigua.

Partiendo de este concepto, prescindiremos del mérito de los electos, de las virtudes que adornan al padre de uno, porque no hacen al caso en las circunstancias presentes, y del que haya podido adquirir otro en sus especulaciones de comercio y viajes á Filipinas, de que da noticia el empleado en el ramo de correos, cuya asercion parece tiende á mellar méritos reconocidos, á fin de hacer pasar mas fácilmente alusiones que están fuera de las reflexiones censuradas, olvidándose á la vez de que la primera autoridad de las Islas es superintendente de correos, bajo cuyo doble carácter comunica órdenes, que en concepto del que dice deben obedecer fielmente los administradores de correos, ora sean, ora dejen de ser empleados de la secretaría de gobierno.

Si por la propia y paladina confesion del empleado en el ramo de correos resulta que la renta del mismo en Filipinas consiguió ventajas en los años de 1832 á 1836, tendremos justificado el réjimen antiguo y el acierto de la medida de encargar la comision á un oficial de la secretaría de gobierno, elejido con todas las formalidades de la ley, y mantenido despues en ella prévia la censura del señor fiscal de S. M., conformidad con el dictámen del asesor de gobierno, hoy digno diputado á Córtes y en virtud de Real confirmacion; de cuyos antecedentes no se hace mas referencia, porque no lo permiten ciertas consideraciones de reserva, de prudencia y de política, que no habrán podido estar al alcance del censurador.

Comparados los 29,683 reales vellon que el empleado en correos señala por sueldo comun al administrador comisionado en aquellos años, con los 55,000 de sueldo fijo que disfrutarán los nuevos empleados, por de contado aparecerán 25,317 reales vellon de perjuicio anual, ó de menos producto á la renta nacional de correos en lugar de ahorros y ventajas. Siendo esto asi, y dejando á la imparcial consideracion del mismo empleado de correos, el graduar si para administrar 118,736 reales de rendimiento total, deben invertirse sueldos y gastos mas de 63,000 reales vellon, mientras no se pruebe que la nueva administracion es menos gravosa que la antigua ó actual, las reflexiones censuradas quedarán en el lugar que naturalmente les marca la razon, la equidad y el interes comun, y tal vez la opinion, si se oyese, de los diputados que acaban de llegar de los dominios de S. M. en el Asia.

Al oficial del ramo de correos, á quien deseamos satisfacer, hacemos la justicia de creer que en sus alusiones no habrá sido su ánimo mellar la calificada integridad ni el acierto y pureza de las medidas tomadas por el superior gobierno de aquellas Islas, ni tampoco atacar las aptitudes recomendables y pureza señalada con que los oficiales de su secretaría desempeñan comisiones en bien del servicio público, de sijilo y de mayor interes que la de correos; en cuyo obsequio han hecho servicios que no pueden obscurecerse, porque resultan de testimonios permanentes que deben obrar en la direccion jeneral, en la cual quizá no hubieran visto la restitucion de ciertos fondos, la recaudacion de otros, y la averiguacion de muchos, destinados á objetos estraños á los de su instituto, si la citada comision hubiera estado confiada á otro que no fuese individuo de la secretaria de gobierno, y que no hubiese contado con los antecedentes que habia en ella, y con la decidida y justificada proteccion del Excmo. Sr. D. Pascual Eurile, entonces capitan jeneral de las islas, y hoy de cuartel en la Córte.

Ruego á vds., señores editores del *Patriota*, se sirvan dar lugar al precedente artículo en su recomendable periódico, á cuyo favor quedará sumamente agradecido su afectísimo servidor Q. S. M. B. = *S. M.*

Real cédula que se cita en esta Memoria, artículo tribunal y audiencia de cuentas.

El Rey ha llegado á entender la reparable facilidad con que se han admitido por el gobernador de esas Islas las apelaciones de los autos de la contaduría mayor, contraviniendo al espíritu de las leyes y Reales órdenes, en que se dispone espresamente que no pueda admitirse recurso alguno estando pendientes los autos del tribunal de cuentas, y sin cubrir los alcances; y para evitar este abuso ha resuelto S. M. se prevenga á V. S., como lo ejecuto, que cele con la mayor eficacia la puntual observancia de dichas reales disposiciones, á fin de que el contador mayor ejerza sin restriccion alguna las funciones que le competen, siguiendo los juicios y espedientes sobre alcances de cuentas en la forma prescrita, ausiliando el Gobierno sus providencias siempre que el caso lo requiera, para que las partes cumplan sus mandamientos, y que no admita V. S. apelacion de los autos de la contaduría mayor para la sala de ordenanza ó de justicia cuando estén pendientes las resultas ó alcances de cuentas; pues cualquiera condescendencia en este particular causaria gravísimos perjuicios á los reales intereses, por los efujios de que se valen los deudores para entorpecer ó dilitar el pago á que los apremia el tribunal.

Tambien ha llegado á entender la reprensible tolerancia que se le advierte con el director, contador, tesorero y factor de la renta del tabaco, con los administradores de aduana y renta del vino, y con el ajente fiscal; los cuales, ademas de reunir los diferentes destinos incompatibles con su principal empleo, disfrutan acciones en la Nao de Acapulco en calidad de comerciantes y vocales del consulado: y en caso de ser cierto lo referido, es la Real voluntad de S. M. que á estos empleados se les obligue desde luego á renunciar semejantes acciones en la Nao y las demas comisiones de comercio, y aun los destinos que obtengan y no sean compatibles con el exacto desempeño de las obligaciones de sus empleos de real hacienda, conforme á lo dispuesto en las leyes y Reales órdenes de la materia, y que de lo contrario sean separados inmediatamente, dando V. S.

cuenta á S. M. para que en su lugar nombre á otros que los sirvan con la pureza é imparcialidad que tanto conviene.

Igualmente espera S. M. que V. S. hará por su parte todo lo posible para que los destinos de la real hacienda recaigan en los sugetos de mayor probidad, amonestando á todos á que cumplan con sus respectivos deberes, sin dedicarse á negocios de comercio que les están prohibidos, estrechándolos á presentar en la contaduría mayor las cuentas y los estados de valores de las rentas, sin admitirles escusas ni dilacion, y que V. S. castigue con el rigor de las leyes los fraudes y malversaciones; pues ha sido muy reparable que las deudas atrasadas é incobrables ascendiesen á principios del año de 1802 á 144 p. f., y á mas de 200 p. f. las corrientes, debiendo temerse que en lo sucesivo se vayan aumentando y se aumenten cada dia con efectivo desfalco del real erario, si el gobierno no ausilia las providencias del contador mayor con la eficacia y vigor que conviene.

Finalmente se ha hecho presente al Rey que el administrador jeneral del vino y los oficiales reales de esa capital tienen dos falúas á costa del real erario, las que ocupan en sus viajes y diversiones; que el guarda-almacen que tienen dichos ministros hace considerables acopios de maderas que se pierden; que en los almacenes existen efectos de gran valor comprados sin necesidad, y que lo mismo sucede en la real botica, por la condescendencia que los oficiales reales tienen con sus subalternos de ella. Sin embargo de que estos hechos no se han justificado en la forma correspondiente, ha resuelto S. M. que V. S. tome las providencias y precauciones correspondientes para evitar todo abuso y malversacion de los almacenes, castigando á los que resulten culpados, y dándome aviso de cuanto ejecute en el asunto. Todo lo cual participo á V. S. de Real órden para su intelijencia y puntual cumplimiento. Dios guarde á V. S. muchos años. San Lorenzo 29 de Octubre de 1807. = Soler. = Sr. gobernador interino de las Islas Filipinas.

Como otra prueba mas de mi amor y gratitud á las Islas Filipinas, me ha parecido oportuno insertar en esta memoria el siguiente artículo comunicado que di al público en el periódico de esta capital la Tribuna, por las causas que él mismo espresa, y como vindicacion de lo que contra las Islas se publicó en el folleto de que se hace alli mencion. Este artículo por sí solo evidencia la importancia, estimacion y gran valía de lo que son nuestras Filipinas, y solo él basta para cerciorar la verdad de mi aserto. Vió la luz pública en el número 621 de la Tribuna, correspondiente al jueves 23 de Setiembre del presente año. El artículo dice asi:

Señores redactores de La Tribuna: Muy señores mios: si vds. se dignan dar un lugar en las columnas de su apreciable y liberal periódico al siguiente artículo, dispensarán en ello, ademas de un favor á su autor, un especial servicio á la nacion, dando por este medio alguna idea, aunque muy lijera, de la importancia y utilidad de nuestras ricas Islas Filipinas, y desvirtuando las *especies é invectivas* que de contrario se han circulado en cierto folleto, y motivan esta manifestacion. = Estimará á vds. con todo el aprecio que se merece este favor su afectísimo S. Q. B. S. M. = *Un español.*

Habiendo poco ha llegado á mis manos un folleto publicado en Madrid por A. J. P., bajo el título: *Al Rejente del Reino y á la nacion* en la actual crisis ministerial, y con los artículos *garantías nacionales. — Estado civil. — Su abatimiento. — Su rejeneracion. — Abolicion de la empleomanía. — Estado militar y ministerio de hacienda*, el que vió la luz pública en Mayo último, y como en él se proponga una cesion de nuestras Islas Filipinas á la Inglaterra en cambio de Jibraltar, con alguna otra ventaja, me ha parecido oportuno tomar la pluma, no para dar una contestacion al embozado autor de tal produccion, sino para emitir cuatro reflexiones, aunque lijeras, muy suficientes para desvanecer como el humo cualquiera impresion favorable que haya podido causar el tal folleto, sin embargo que sus ideas en cuanto dice respecto de Filipinas, es imposible hayan tenido acojida ni sido bien recibidas por nadie.

Ya he dicho que esto no es una contestacion directa al autor encubierto del folleto, y debo añadir que si insistiendo en sus doctrinas se dignase presentarse con franqueza y publicidad bajo su verdadero nombre, se le contestará en igual forma, por lo que este artículo se reduce despues de lo indicado, á manifestar lo poco cuerdo y acertado que andubo el tal callado autor en cuanto espresó relativo á Filipinas, cuando el menor dislate que sentó, fue el asegurar que dichas Islas son únicamente un monumento del antiguo esplendor de España, y una carga mas bien que no unas posesiones de utilidad para esta patria. Aserto en estremo aventurado y desventajoso; y si á ello se añade el modo con que se hace, vendremos forzosamente á concluir en una de dos cosas, ó que el tal autor del folleto ignora hasta la posicion de aquellas Islas, y que ni sabe dónde existen, ó que hay segunda y solapada intencion en las ideas emitidas. Esto no es creible, y por eso nos aventuramos á decir, que solo la mas completa ignorancia de lo que son nuestras Islas Filipinas, pudo ser la única causa y móvil que impulsó á sentar aquella proposicion, nada reparable para emitida en una conversacion particular por quien no haya visitado aquellos paises; pero de mucho bulto y trascendencia en quien escribiendo para el público, entra en comparaciones siempre odiosas, y se atreve á indicar la desmembracion de la monarquía, proponiendo se enajene una tan preciosa parte de ella como son las Islas Filipinas, que sin aventurar nada, se las puede hoy llamar la joya mas preciosa que adorna la corona de España.

Tal idea no puede hallar eco ni acojida alguna, no solo en el ánimo del Rejente del Reino ni en el de los individuos del gabinete que hoy rije los destinos de la nacion, ni en el de los Cuerpos colejisladores; pero ni aun en la clase mas vulgar del pueblo: por lo que los filipinos pueden estar seguros y satisfechos que á su acrisolada y hasta hoy no desmentida lealtad no corresponderá el gobierno con una cesion de sus hermosas provincias á favor de ninguna nacion estraña, por ningun título ni por ningun precio. Mas con todo, bueno y oportuno parece dar alguna razon de su importancia y utilidad, para que se jeneralice mas la idea ventajosa y favorable que tienen de aquellas Islas cuantos las conocen con algun fundamento, y presentar la poca exactitud con que se ha escrito el tal folleto; pues sin embargo de conceder á su autor la mejor buena fe y el mas vivo deseo de la prosperidad de esta trabajada nacion (en lo que no nos aventaja), avanza demasiado y aventura mucho en lo que propone; y siendo un mal de la mayor trascendencia y gravedad la sola indicacion que hace de la desmembracion de las Islas Filipinas, es muy justo y puesto en razon procurar el oportuno remedio al daño que aquellas ideas puedan haber causado.

El autor de este comunicado escribe por primera vez para el público; por lo cual, si sus reflexiones no se presentasen llenas de elocuencia y adornadas del estilo correcto y engalanado con que otros se producen por escrito, suplico á los lectores toda su induljencia, satisfechos que cualquier falta que se le notare puede y debe ser dispensada por el esceso de patriotismo y amor á su patria de que está animado, y que decaerá cuando acabe su existencia; de otro modo, no. Ademas, si estas observaciones y algunas otras sobre el mismo asunto, que mas adelante puede que vean la luz pública, las creyesen algunos exajeradas ó diminutas, no por eso me hagan un cargo que no merezco; pues mis deseos son únicamente dar alguna idea de la utilidad, importancia é inestimable valor de nuestras Filipinas, y escitar por este medio á otros, que adornados de mejores talentos, y con mas tiempo para poder ocuparse, continúen tratando tan interesante objeto, para llevarlo al punto de vista que pueda proporcionar mayores ventajas al estado con la conservacion de las provincias de Ultramar, y á estas los grados mas de prosperidad de que son susceptibles; deseos que opino graduarán todos de laudables y españoles á toda prueba.

Breves reflexiones contra las doctrinas del folleto.

El término de demostracion tomado por su autor en el estado que ofrecian aquellas Islas en 1798, con el único fin de justificar un déficit de 65,000 y pico de pesos anuales, y con tal motivo presentarnos á Filipinas como una carga á España, mas bien que como un pais de utilidad, es un principio el mas desventajoso que puede darse, y por el que el mas ignorante debe dudar de la buena fe con que esto se ha hecho; y los que sabemos algo de aquellas provincias, podemos avanzar á graduar al autor encubierto del folleto, si no de poco exacto en su produccion, al menos con bastante ignorancia (mucha) de lo que es aquel hermoso pais. En prueba de ello basta la siguiente y breve demostracion numérica, porque esta es cuestion de números, y las razones y digresiones están por demas en tal caso.

Remitimos al autor del folleto á que cuando quiera escribir sobre materias como la presente, beba en fuentes mas claras, y procure adquirir datos mas exactos y modernos, si quiere hacerlo con acierto, en particular al tratar de Filipinas y el estado de sus rentas, la poblacion y demas; pues de donde tomó sus noticias, son como suele decirse, papeles muy mojados, y que con el trascurso del tiempo, que es nada menos que 43 años, están ya tan gastados, que no se pueden leer, porque 43 años es término mas que suficiente para trastornar y empobrecer la nacion mas poderosa y rica, y levantar á la mas miserable y desvalida.

Es seguro no hubiera escrito el tal folleto, si hubiera tenido á la mano, si es que sabe existe, el estado de Filipinas brevemente descrito por Tomas de Comin en 1810, y con permiso del supremo consejo de Indias impreso en Madrid en 1820 en la imprenta de Repullés, y en él hubiera visto el documento siguiente:

Número 10.—Estado jeneral de cargas y gastos correspondiente á 1809, y en él »el líquido remanente ó sobrante *á favor del erario* de 445,444 pesos fuertes 5 reales 9 granos.»

Todavía esto es demasiado antiguo; cuenta 32 años de fecha, y este es tambien plazo demasiado estenso, por lo que vendremos á tiempo mas reciente, y sobre cuyos datos hay testigos á cientos que afirmarán por ciertas las razones que se van á esponer, y números que las comprueban.

Al cesar en 1835 D. Francisco Enriquez en su cargo de intendente de ejército y superintendente jeneral subdelegado de la hacienda pública en Filipinas, publicó una memoria razonada del estado del tesoro en aquellas Islas, manifestando cómo le recibió y cómo le dejó á la salida de su destino. No le recibió con el déficit anual de 65,000 y pico de pesos que dice el folleto; le recibió con existencias, y mas considerables que las del estado de Comin en 1810, y todas las cargas satisfechas.

En la memoria citada, despues de comentarse prácticamente el progresivo y considerable aumento de las rentas en Filipinas, con pago de gruesas cantidades por deudas atrasadas de mas de 40 años, y despues de dejar cubiertas todas las atenciones, cargas y obligaciones del tesoro, habia en él totalmente libres en aquella fecha (1835) muy cerca de *un millon de pesos fuertes* en existencia metálica, y los almacenes, fábricas &c., contenian un repuesto de 275,000 fardos de tabaco, que considerados en venta por su mas ínfimo valor, debian producir la no despreciable suma de »cuatro millones, ciento catorce mil ochocientos diez y seis pesos fuertes, ó sean ochenta y dos millones, doscientos noventa y seis mil trecientos veinte reales vellon." Agréguese á esto que desde 1825 en adelante, y hasta hoy las cargas han ido en aumento, que desde 1835 las libranzas sobre Filipinas han sido cuantiosas y muy frecuentes; que han venido y siguen llegando grandes remesas de tabaco que alli se ha colectado y pagado; que hasta hoy no hay noticia que hayan bajado las rentas, y sí motivos para creer que han subido; pues sus cargas se aumentan, y todas se han satisfecho, y de todo este conjunto cualquiera deducirá que cotejados estos datos con el déficit que supone el autor del folleto, hay muy poca exactitud en sus razones y cálculos, porque estos son hechos ciertos, positivos, y actos consumados que no admiten duda, y por consiguiente ni réplica ni contestacion alguna.

Véase, pues, en esta lijera demostracion comprobado satisfactoriamente el aserto sentado en un principio, á saber: que si en el folleto no hay una segunda intencion, hay por lo menos sobradísima ignorancia; concediéndole sin embargo á su autor la mejor buena fe y el mas vivo deseo por la prosperidad de esta nuestra patria.

Esto solo bastaria para el fin con que se da este artículo; pero aun hay mas y muy conducente al caso, y es el siguiente:

Estado de la poblacion de las Islas Filipinas en 1833, segun los últimos datos tenidos á la vista, con la debida espresion por provincias y sus nombres, pueblos de que constan, número de tributos y almas en cada una.

Provincias y sus nombres.	Pueblos.	Tributos.	Almas.
Albay	38	27,919	139,595
Antique	11	15,650	78,250
Bataan	10	7,784	38,920
Batangas	13	39,339	196,695
Bulacan	19	37,547	187,735
Cavite	10	16,602	83,010
Cagayan3	34	21,520	107,600
Calamianes	12	4,146	20,730
Camarines, Norte	11	5,007	25,035
Camarines, Sur, obispado	27	37,463	187,315
Capis	22	23,088	115,440
Caraga	30	6,502	32,510
Ilocos, Norte	14	38,092	190,460
Ilocos, Sur, obispado	23	41,617	208,085
Iloylo	31	46,411	232,055

Islas Batanes	3	1,600	8,000
Islas Marianas	»	»	»
Isla de Negros	23	12,196	60,980
Laguna de Bay	33	27,162	135,810
Leyte	31	18,255	91,275
Mindoro	8	8,238	41,190
Misamis	23	7,036	35,180
Nueva Ecija	15	4,657	23,285
Pampanga	26	36,472	182,360
Pangasinan	31	43,127	215,635
Samar	28	18,546	92,730
Tayabas	16	15,463	77,315
Tondo	30	57,006	285,030
Zambales	15	7,902	39,510
Zamboanga	2	2,000	10,000
Zebu, obispado	38	40,711	203,555
Total	627	669,038	3.345,190

CONCLUSION

Despues de lo manifestado de un modo tan claro y positivo sobre el producto cuantioso que dan esas provincias al estado, cubiertas todas sus cargas y atenciones, que no son pocas, económicas ni pequeñas, y de lo que á primera vista ofrece la vasta poblacion de las Islas, cualquiera podrá inferir su estima y cuantía, y de ello deducir que no solo Filipinas es un monumento del antiguo esplendor y poderío de la nacion española, sino tambien una posesion útil por mil conceptos y productiva en sumo grado; por lo que los que intenten deprimir la prosperidad, grande riqueza y valor incalculable de las provincias asiático-españolas, deben enmudecer á la vista de esta demostracion, si son españoles y aman las glorias de su patria, de esta patria desgraciada, digna de mejor suerte por tantos títulos; y de este modo contribuir á que recobre su dignidad y poderío en tanto ó mas alto grado todavía de como le tuvo en dias no muy lejanos aun cuando, sin segunda en sus triunfos, llegó á ser el asombro y la envidia de todas las naciones; no estando muy lejos el dia en que vuelva á recobrar su esplendor, si cuantos tenemos la dicha de nacer en el hermoso suelo español, apreciamos como es debido nuestro nombre, y solo pensamos en que antes que todo somos *españoles*.

FIN